聖者の落角

芦花公園

角川ホラー文庫
23561

目次

主な登場人物

泉《いずみ》　佐々木事務所が入っているビルのオーナー。
丹羽桃子《にわももこ》　洋菓子店〈アントルメ世田谷《せたがや》〉の店長。
丹羽唯香《にわゆいか》　桃子の一人娘。心臓病を患う。
塩沢里佳子《しおざわりかこ》　脳性麻痺《まひ》の息子を育てるシングルマザー。

黒服の男　病院に現れる児童心理カウンセラー。

佐々木《ささき》るみ　34歳。心霊案件を扱う佐々木事務所の所長。中性的な風貌《ふうぼう》。
青山幸喜《あおやまこうき》　28歳。るみの助手。気立ての良い常識人で、るみにはいつも振り回されている。
片山敏彦《かたやまとしひこ》　絶世の美青年。存在するだけで注目を集めてしまう。
物部斉清《もののべなりきよ》　四国に住む拝み屋の青年。

第一章　晦

1

飯田橋《いいだばし》のオフィス街から離れた、さびれたビル。一階にはトルコ料理店「とらぶぞん」、二階にはタイ古式マッサージ店が入っている。その一つ上の三階に、私の「佐々《さ さ》木《き》事務所」がある。

いかにも怪しげな外観と同じく、佐々木事務所の業務もまた怪しいものだ。

専門は心霊現象。

私は一応大学では民俗学を専攻していたが、せいぜい一般人よりは詳しい程度で、起こった怪奇現象を正確に、学術的に読み解くことができる、と自信を持って言えるわけではない。そのような私がなぜこのような仕事をしているのか。

一つには、私のような人間がまともに就職できるわけがないからだ。

容姿が悪く、配慮も気遣いもできず、人の嫌がることをわざわざ言ってしまう癖があ間だ。
る。私は、私をこの世に産み落とし、さんざん痛めつけてきた両親とそっくりのゴミ人

両親が消えてから優しい養母に出会い、その人の家庭で愛情をかけられて育ち、その後何人かの信頼できる友人とも出会ったが、私のどうしようもない性質は変わらなかった。もう一生付き合っていくしかないだろう。下手に就職などして、私に迷惑をかけられる人間が増えるのは可哀想だ。

もう一つの理由は、私には所謂《いわゆる》霊能力があるからである。

死人、化け物、神様、そういったものが見える。見えるだけでなく、干渉もできる。私の頭の中には押し入れがあって、その中にそれらを閉じ込める。恐らく人に話したら入院させられそうな話だが、それ以外の説明は思い浮かばない。

押し入れとは、まだ両親が生きていたころ、日常の大半を過ごした汚いアパートにあった押し入れだ。母親が客を取っている間、私はそこで息を殺して、押し込められたゴミと一緒に過ごしていた。

そうやって過ごすうちに、私は人魚姫を見るようになった。母親が気まぐれに買い与えた、一冊のアニメ絵本の主人公だ。華奢《きゃしゃ》で可愛い顔をしていた。私は押し入れを、彼女の宮殿にするために、バナナの皮や、宝飾品のチラシなどで飾り付けた。

人魚姫はなんでもやってくれた。

両親を殺し、私をひどく甚振《いたぶ》った小学校の同級生を殺した。

実際は違ったわけだ。

私は私の能力で、気に入らない人間を消していただけなのだ。

気付いてから、宮殿から人魚姫は姿を消した。

私は押し入れの女王になった。

優しい養母のおかげで、それ以来人を傷付けてはいない。

といっても、私の暴力性が消えたわけではない。

今では、そういったものを、死人、化け物、神様などに、ぶつけているだけなのだ。

「好きなことで、生きていく」というのはYouTuberの標語のようなものらしいが、私もまさにそうやって生きている。

このビルは確かにみすぼらしいし、エレベーターもないが、飯田橋の駅からそう遠くなく、立地もいい。こんな良いところに事務所を構えられたのは、このビルのオーナーが悩まされている怪奇現象を解決したからだ。

オーナーの泉《いずみ》さんは物件を安く貸してくれるだけでなく、それ以降も定期的に仕事を紹介してくれた。だから、ほぼ直接依頼されることのないこの事務所でも、家賃と、私とパートナーの給料くらいは払える。

パートナーの青山幸喜《あおやまこうき》は、私の知る限り最も善良な男だ。

彼が善良なのは、プロテスタント教会の牧師の息子だから、というのも関係があるかもしれないが、宗教者という点抜きでも、本当に優しい人間だ。

大学で院生をしていた頃の後輩で、私のような人間を慕ってくれている。事務所を開所する、と連絡したら、一緒に働きたいです、と言って、なぜか事務処理の全てを引き受けてくれた。

最初は単に便利な雑用係くらいにしか思っていなかったが、彼と接する時間が長くなればなるほど、彼が本当に私を信頼し、一緒に生きてくれようとしていることが分かった。彼は今の養母、百合子《ゆりこ》が死んだとき、母の代わりになってくれる人だ。それくらいには、大切に思っている。

「るみ先輩、サプライズってなんですか？」

「さあ、当ててみて」

自分の誕生日に関する何らかだと分かっているだろうに、青山君ははしゃいだような素振りをしてくれる。彼は少年のように可愛い顔をしているだけでなく、振る舞いも可愛らしい。とても今日二十八歳になる成人男性とは思えない。

一階のドアが開く音がした。このビルはどこもかしこも古いので、建付けの悪いドアの軋《きし》む音は三階からでも聞こえるのだ。

「ほら、そろそろいらっしゃいますよ」

ゆっくりとした足音が段数分聞こえた後、彼は入って来る。

片山敏彦《かたやまとしひこ》。私の知る限り、最も美しい生き物だ。

「階段きつすぎる。どうにかエレベーターを取り付けられないものか」

「運動不足ではないですか？」

「佐々木さんみたいなフィジカルモンスターと一緒にしないでよ。三十代はこれが普通だよ」

横で青山君が息を呑《の》んだのが分かった。無理もない。まったく、何度見ても驚くような美しさだ。『絵画のような』だとかそういった表現は、彼に使うと全て陳腐に感じる。高校生の頃から付き合いがあり、彼の人となりなどを知っている私は、さすがに会うたびに緊張するということはないが、青山君は違う。

見るたびに美しさを増していく化け物のようなこの男には、いつまで経っても慣れないようだった。

「敏彦さん……」

「青山君の誕生日だって言うから、ケーキ買ってきたよ。佐々木さんが事前に言ってくれなかったせいで時間がなかった。プレゼントに関しては期待しないでほしい」

敏彦はなんの情緒もなく、封筒に「商品券」と書かれた商品券でしかないものを青山君の膝《ひざ》に置いた。

「いやその、プレゼントどころか、僕にはケーキすらもったいないというか……」

青山君はしばらくもごもごと口を動かした後、ありがとうございます、と小さな声で言った。とりあえずは喜んでいるようだ。

「では早速電気を消して歌でも歌いましょうか」

俺も歌うの？　という敏彦の困惑した声を無視して、私はケーキに立てた蠟燭《ろうそく》に火をつけ、スイッチを消す。

聞こえるか聞こえないかくらいの声で歌う敏彦に対して、青山君はきちんと歌っている。教会で子供と接することも多いからかもしれない。青山君に育てられる子供は幸せだろうな、と思う。

「さあ、火を吹き消してください。動画を撮りますからね」

「火を吹き消す前にお祈りをするんですよ」

「そういうものなんですか？」

そう尋ねると、青山君は頷《うなず》いた。

百合子は私の誕生日――つまり、彼女と私が養子縁組を結んだ日付には、必ず大きなケーキを焼いて、お祝いしてくれた。児童養護施設でも、同じ月に生まれた子供を集めて、そういったイベントをやってくれたこともある。実の両親《ゴミども》は私の出生届すら出していなかったが、私にも一応、そういった知識はあるのだ。

蠟燭の火を吹き消す前に祈るというのは、西洋圏のバースデーパーティーではよく行われることのようだ。青山君の実家はプロテスタント教会だから、このような文化があっても不思議ではない。

私はじっと青山君を見つめた。

両手を合わせ、真剣に祈っている。

もうそろそろいいんじゃないですか、そんな言葉が口から出る直前に、青山君はふう、と火を吹き消した。

途端に部屋が真っ暗になる。

立ち上がって電気を点《つ》けようとすると、急に手を摑《つか》まれた。

敏彦の手ではない。彼の手は、顔と同じように、つやつやして石のように冷たい。

これは青山君の手だ。料理をするからか、可愛い顔に反して骨ばっていて、掌《てのひら》が硬い。

何事かと思って青山君の方に顔を向ける。

全く慣れない目が、ぼんやりと彼の輪郭だけを捉《とら》えた。

「ちゃんと見ていてくださいね」

青山君の口が動いたように見えた。

硬い皮膚の感触がわずかな体温を残して離れていく。

そして、明かりが点いた。

2

泉さんが慌てた様子で事務所に駆け込んできたのは、青山君の誕生日からひと月ほど経った日のことだった。

連日残暑が厳しく、私はとにかく参っていた。このビルはやはり空調システムもそれなりで、どんなに低い気温に設定しようとぬるい空気が申し訳程度に流れて来るだけだ。

「るみちゃーん」

ソファーで泥のように眠っていた私はドカドカという足音と、騒がしい声で目を覚ます。

「なんですか、泉さん」

「それがね、あのね……なんていうか、あの」

「まず落ち着きましょう。青山君、何か冷たいものを」

泉さんは大量にあふれ出した汗を拭《ふ》きながら、青山君の差し出したアイスティーを飲み干した。

ふう、と息を吐くと、

「ごめん、うるさくして。でも本当に大変なことが起こっているんだよね」

泉さんの顔を見ながら、この人は変わらないな、と思う。

見ている人が気持ち良くなるくらいふくふくと太っていて、最初「心霊現象に悩まされている」と相談を持ち込まれたときも、まさかこの大らかで優しそうな人間に悩みがあるなんて、と思ってしまったくらいだ。

「本当に大変なこと」というのもいまいち真剣に受け取ることができないのは、やはり泉さんのこの見た目のせいだろう。

「それで、今回は泉さんご本人？　それとも別の方？」

泉さんは最初の相談事——元交際相手の霊に付き纏《まと》われていた件を解決してから、過剰なまでに私を信頼し、頻繁に仕事を持ってきてくれる。

「友人だね、昔からの友人の話。とても困っているんだ」

泉さんは深呼吸を何回か繰り返してから、ゆっくりと話し始めた。

＊

世田谷《せたがや》区にも一棟、物件を持ってるんだけど、そこの一階に〈アントルメ世田谷〉って洋菓子屋さんが入ってて。ガトーショコラが絶品なんだよね。ああごめん、今は関係ないね。

そこの店長さんは丹羽《にわ》桃子《ももこ》さんっていうんだ。実は、僕の小学校の同級生でね。クラスのマドンナ的存在だったよ、言い方が古いかな。

桃子さんはシングルマザーなんだけど、娘の唯香《ゆいか》ちゃんが心臓に病気があるみたいで。先天性らしいんだけど……定期的に、『モリヤこども医療センター』に通ってたんだよね。そうそう、モリヤって食品会社なのに、慈善事業というか、医療福祉事業もやってて、立派だよなあ。いろんな報道もあったけど、僕はもっとその辺の功績も含めて吟味する必要があると……ああ、「通ってた」っていうのが気になる？　大丈夫、今から話すよ。

唯香ちゃんはちょうど、桃子さんが離婚したあたり、つまり、三歳くらいに病気が発覚して、それでちょうどその頃に東京に戻ってきたというのもあって、モリヤに通うことにしたみたいなんだよね。唯香ちゃんのお父さんはフランス人だよ。修業先の店長さんだったとかで。ハーフってやつだね。青山君と同じ——えっ、青山君はハーフじゃないの、その顔で？　隔世遺伝か、なるほどね。

唯香ちゃんは可哀想に、入院を繰り返したりしていたんだ。僕も何度も会ったことがあるけど、いつ見てもなんか……青白い、っていうのかな。子供らしく、明るくはしゃぎまわっているところは一回も見たことがなかった。

でもね、ちょうど半年くらい前かなあ、ケーキを買いがてら、桃子さんに会いに行ったら、自転車が停まっててさ。折り畳み式なのか、車輪が小さいタイプ。

「桃子さん、自転車始めたんだ」

って何気なく聞いたら、

「やだ、泉くん、どう見ても私のじゃないでしょ。唯香のよ」

「ええっ、唯香ちゃんの？」

よくよく見たら、確かに車体がピンク色で、キャラクターの絵が描いてある、子供用だった。

「でも、唯香ちゃんは外で……」

「ああ、なんだかね、急に元気になったのよ。今はモリヤにも行ってないわ」

急に元気になる――先天性の病気を抱えている子が、急に元気になることなんてあるのかな？　というのが正直な感想だった。それとなく聞いても、桃子さんにもなぜ急によくなったのかは分からないらしかった。同じ先生に診てもらっていて、新しい治療方法を試している、というようなこともなかったみたいで。

そのときは本当に良かったね、と言って、今度唯香ちゃんと遊ぶ約束をして、別れたんだけど……。

段々、桃子さんの元気がなくなっていったんだよ。ふつう、病気の我が子が健康になったんだったら、明るくなるはずだよね。僕はとても心配で、桃子さんは気が乗らないようだったけど、お茶に誘ったんだ。

そしたら桃子さん、会うなり、泣き出しちゃってさ。

「泉くん、私、どうしたらいいか分からない」

こういうとき女性にどう声をかけていいか分からないのが僕なんだ。ただ、まごついていると、

「唯香……唯香、唯香唯香唯香唯香唯香唯香」

「どうしたんだよ……」

桃子さんは急に唯香ちゃんの名前を繰り返しながら、机に突っ伏してしまった。閉店間近で僕ら以外に店に客はいなかったのが救いだったよ。いたら、間違いなく注目の的だっただろうね。

「唯香ちゃんがどうかしたの？　もしかして、また具合が悪くなってしまったとか……もしそうなら、僕もできることがあれば手を貸すよ。時間もあるし……お金も困っているなら、勿論《もちろん》できる範囲で援助も」

「やさ……やさ、しいね、泉くんは、昔から」

桃子さんはしゃくりあげながら言った。

「でも……お金とか、時間とかで……解決できないの。多分、そうなの、唯香はずっと……」

「桃子さん」

僕は桃子さんをまっすぐに見つめて、

「どういうことなのか話して。どうにもできないかもしれないけど、人に話すだけで少しは気分が楽になるかもしれないよ」

桃子さんはしばらく黙ったあと、ダムが決壊したみたいに話し始めた。

唯香ちゃんはね、夜中、一人で出歩くようになったんだって。気付かないうちに外に出ている。桃子さん、思い余って夜だけ、唯香ちゃんの部屋に外から鍵《かぎ》をかけたそうなんだけど、それでも無駄で、不思議なことにいつの間にか外に出ている。鍵が壊されたとかはなくて、鍵はいつの間にか開いている。

出ていくのを止めるのも限界があるだろう。ずっと起きているわけにもいかないし。医師に相談くらい、最初にやっているよ。でもね、医学的には夢遊病——正確には睡眠時遊行症、というみたいだけど。ストレスや疲れ、睡眠不足なんかが原因だと言われていて。テレビゲームを制限させろとか、家庭内のストレスを排除しろとか、そういうようなアドバイスしかもらえないみたいで。あと、ほとんどの場合、大人になれば治るんだって。

でもさ、今困っているわけだし、桃子さんは本当に良いお母さんで、唯香ちゃんだって。ストレスがない、なんて断定はできないけれど、僕には本当に良い親子関係を築いているように見えたよ。

まあ、そうだね。僕から見えていることが全てではないよ。でも、つまり何が言いたいかっていうと、お医者さんには解決できないことなんだよ。

桃子さんはね、ある日、唯香ちゃんのあとをつけてみたらしいんだ。

唯香ちゃんはまず、鍵のかかった部屋から普通に出てきて、そのまま玄関から外へと出て行った。

慌てて一緒に外に出ると、唯香ちゃんはふらふらとした足取りで歩いていく。そして駐輪場まで行って、自転車に乗ったんだ。それもおかしな話。自転車には鍵がかかっていて、その鍵は桃子さんが持っていたから。

桃子さんはもう、黙って見ていることはできなかった。大声で「唯香」と呼び掛けて、駆け寄って行った。でも唯香ちゃんは猛然と、子供とは思えない速度で自転車を漕《こ》いで、桃子さんは視界から消えないようについていくのがやっとだった。

そして悲劇は起こってしまう。

十字路から直進してきた大型バイクが、唯香ちゃんの体を自転車ごと撥《は》ね飛ばした。

「唯香ぁぁあっ」

桃子さんは喉《のど》が切れそうなくらい大声で叫んで——

そこには、血だまりの中に、無残な子供の死体が転がっているはずだった。そうだろう。でも、違ったんだよ。

バイクは急停止して、その勢いのまま横転した。

でも、唯香ちゃんは、そのままだったんだよ。自転車にまたがって、地面に転がっているバイクの運転手を見ていたそうだ。

桃子さんはどうしていいか分からなかった。だってそうだろう。加害者のはずのバイクの運転手は転がっていて、被害者のはずの娘には何も起こっていないんだから。

「ゆ、ゆ……」

桃子さんは名前もまともに呼べなかった。それでもふらふらとわが子に近寄っていくと、

「痛《いて》えよ！　ふざけんなっ」

叫んだのはバイクの運転手だった。よろめきながら体を起こして、唯香ちゃんに向かって怒鳴っている。

「急に飛び出してきやがって、お前っ、お前っ」

彼の怒りは尤《もっと》もだった。一時停止もしないで飛び出したのは唯香ちゃんの方だし、一歩間違えれば唯香ちゃんだけではなく、彼だって重傷を負ったり、下手すれば死んでいたかもしれない。桃子さんは、今にも唯香ちゃんに殴りかかろうとする、ひどく錯乱した様子の彼の前に飛び出して、

「すみません！　その子の母親です！　ごめんなさいっ」

頭を何度も下げて、それでも全く何も反応がないので、恐る恐る顔を上げた。

風船から空気が抜けるみたいな音だった、と桃子さんは言ってた。

男が、吊《つ》り下がっていた。

ぷしゅう、というその音は、彼の口から漏れているんだ。

桃子さんは固まって、それを見詰めることしかできなかった。

吊り下がっている、というのは分かるのに、彼のどこが、何に引っかかってそうなっているのか、全く分からなかった。木もないし、電線はずっと上だ。それに、もし何かひっかかる場所があったとしても、彼の頭上に紐《ひも》状のものは何も見えない。いくら暗いと言ったって、街灯の光である程度は視界が確保されているんだから。

本当にただ、彼はキーホルダーについているマスコットのように、地面から数十センチ浮いてぶらぶらと揺れている。

そのとき、ぞわぞわと、とてつもなく嫌な雰囲気を感じて、桃子さんは唯香ちゃんの方に顔を向けた。

唯香、と呼びかける前に、

「邪魔しました」

唯香ちゃんの声のはずだった。でも、そうは聞こえなかった。いつものお母さんに甘える可愛い女の子の声じゃなくて、大人の女性というか、どちらかというと、逆に言って聞かせるような、そんな声色だったそうだ。

「邪魔してはいけません」

唯香ちゃんは困ったように微笑んでいた。

「邪魔……って」

桃子さんはなんとか言葉を絞り出した。

「い、いくら邪魔でも……そんなことを、したら、その人……」

唯香ちゃんは男と桃子さんを交互に眺めてから、ふう、と溜息《ためいき》を吐いた。それとほぼ同時にどさっと音がして、男が地面に転がっていた。

「大丈夫ですかっ」

かけよってみると、男はとりあえず息はしているようだった。でも、目があらぬ方向を向いていて、とてもまともな状態には見えなかった。救急車を呼ばなくては、そう思ってスマホをポケットから取り出そうとして、その瞬間に腕をつかまれた。

「あなたも、邪魔をしてはいけません」

桃子さんは悲鳴を上げることもできなかった。

唯香ちゃんの目も、男と同じように、左右が別々の方向を向いていた。

その後なんとか電話はしたから、救急車は来た。桃子さんも一緒に乗って行って、医者にも、遅れてやって来た警察やら保険会社の人やらにも、なんとか見たままの説明をした。唯香ちゃんは救急車が来る前に目にも留まらないスピードで走り去ってしまっていてその場にいなかったし、桃子さんは「頭がおかしい人」とか「嘘を吐いている人」みたいに扱われたけど、結局、近くに停めてあった車のドライブレコーダーに、はっきりとではないけど映っていたみたいで、今度は「子供の面倒が見られないダメな母親」として扱われてしまった。どうしてバイクの男性がそんな風になってしまったか、というのは分からなかったから、賠償の義務が発生したとか訴えられたとかそういうのはなかったみたいなんだけど、子供を深夜に外に出すなと、警察官から厳しく言われたとか。酷《ひど》い話だよね。一番悩んでいるのは桃子さんなのに、そんなの見たら分かるだろうに、責めるなんてさ。

それをそのまま伝えて、僕は聞いてみたんだ。

「それで、唯香ちゃんはその後……」

「警察の人が言ったこと……何も、間違ってないの。私、すごくダメな母親だよ。最低だよ」

「そんなことない。他の誰がそう言っても、僕はそう思わないよ。唯香ちゃん、すごくいい子じゃないか。桃子さんはちゃんと働いて、立派に」

「勇気がないの」

桃子さんは僕の言葉を遮って言った。

「あの子のこと、もう自分の子供って思えない」

「そんなこと言ったら……」

「ダメって言うよね。当たり前だよね。分かってるよ私だって。だから最低だって言ってるじゃん。当然当然当然、子供を愛するのは当然だもんね。どんなに辛《つら》くても、お母さんは、子供を守らなきゃいけないもんね。当然だよ。分かってる。でも、泉くんには言ってほしくなかった」

「ご、ごめん……」

「毎日毎日毎日、ご飯を作る。でもほとんど食べない。大丈夫なんだって。何もしなくても、邪魔しなければいいって。そう。邪魔するなって沢山言われるの。何しても、邪魔って。それでまた、目がぎょろぎょろって。私って何だと思う？　私やっぱり産まなければよかったの？　みんなに止められたけど、子供は可愛いから……でも、あの子は父親にも、望まれてなかった。だから、ダメだった？　私は少なくとも、母親のつもりだったよ。ずっと、大事にしたかった。病気が分かった時も、唯香のためならなんだってできるって。私頑張ったよ。でも、それも邪魔なんだってさ。何してると思う？　ずっと、手を合わせてるよ。夜、外に行って、それで、手を合わせてる？　気持ち悪いよ。何もかも邪魔で、無駄だって思う。唯香のことじゃないよ。自分のこと。でもね、私が無駄だってことはさ——唯香のことも、どうでもよくなった。もうどうでもいいよ。でもこんなふうに思う自分が怖い。助けてほしい。どうしたら」

そこまで一気に言って、桃子さんはごめん、と言いながらまたぼろぼろと涙を零《こぼ》した。限界なんだって僕は思った。

公私混同って批判されるかもしれないけど、僕は桃子さんに副業として、ウチの事務員、って形に、一時的になってもらってる。そうしたら、家に出入りしても不自然じゃないだろ。桃子さんは泉くんに悪いって断ってたけど、強引に。それ以外思い浮かばないから。だってさ、もし、このまま二人きりにして、放っておいたら最悪——そう、虐待。あんまり、口に出すのも嫌だけど。最近も、あったでしょ。なんかあれも、子育てインフルエンサー？みたいな人だったよね、母親。インスタに、手の込んだお弁当の写真とかアップしてて。ごく普通の、どころか、むしろ身なりが良くて何の不自由もなさそうに見えた女の子が——って話。だから、何が言いたいかって言うと、そういうことになってほしくなかったんだ。でも、家庭内のことって、気が付けないだろ。だから、いつでも見ていられるように、唯香ちゃんは一応、僕の母親と、スタッフたちが。桃子さんはなんとか、ケーキ屋で働いているよ。でも、ぎりぎりのバランス。

だって、何一つ解決していないからね。

ここだけの話、僕は桃子さんの言うことを信じ切れていなかったんだ。というか、疲れていると、変なものが見えたり聞こえたりするってよく聞くから、それかなと。でも

り、吊るされたりする。

唯香ちゃんを預かってやっと、妄想ではなく、本当のことだってわかった。

唯香ちゃんは夜、外を出歩いている。どんなに頑丈な鍵《かぎ》をつけても駄目だ。

そして、それを止めようとすると、見えない力で吹き飛ばされたり、叩《たた》きつけられたり、吊るされたりする。

僕も吊るされたよ。重かったのか、すぐに下ろしてもらえたけど。これもまた不思議なことなんだけど、吊るされているときは、苦しくないんだ。意識がないっていうか、眠っているというか、そんな感じ。多分バイクの運転手もこんな感じだったんだろうなと思ったよ。

桃子さんが言っていた、「邪魔をするな」というセリフも言われた。

恥ずかしながら、もうどうしていいか分からない。学校には通っているんだけど――何度か呼び出されちゃってね。学校でも同じ態度なんだって。ただの暴力に見えているみたいだけど、被害に遭った子供さんの保護者からの苦情があるって。桃子さんは限界だから、電話があったことは伝えずに、僕が謝りに行ったりもしたけど、

「そもそも学校に来られない時間が長かったから急に集団の中でうまくやっていくのは難しいんじゃないでしょうか。お父様もいらっしゃらないから……と思っていたけれど、幸いサポートしてくださる男性もいらっしゃるみたいだし、しばらくご家庭で過ごされては」

そんなふうに言われて。学校に来るなってことか、とカチンときたけど、まあ、暴力

を振るわれた側からすれば当然か。こんなこと、やっぱり桃子さんには聞かせられないよ。もっと具合が悪くなって、お店だって開けなくなるかも——だから、何かと理由をつけて、二週間前から学校には通わせていない。

どうしてこうなっちゃったんだろうねって、僕も思う。唯香ちゃんは全く別人だ。

これは科学とか、そんなことでは説明がつかない何かだ。そう分かってから、るみちゃんのことが真っ先に思い浮かんだよ。

真剣なお願いだ。

どうか唯香ちゃんを元の通りにしてください。

＊

泉さんは一気に話し終えてから、私の顔をちらりと見た。縋《すが》るような目だ。

泉さんのこういうところに好感が持てる。知り合いだから、ビルのオーナーだから当然受けてくれるだろう、みたいな態度は微塵《みじん》も窺《うかが》えない。

「私が泉さんのご依頼を断る、ということはありえないのですが」

そう言うと、泉さんの顔がぱあっと明るくなる。

「本当？　本当に？　じゃあ……」

「いえ……話だけではなんとも。私はなんでもできるわけではありませんから。物部《もののべ》

「ああ、あのイケメン陰陽師《おんみょうじ》」

斉清《なりきよ》あたりならあるいは話だけでもどうこうできるかもしれませんが」

物部斉清は四国の山奥に住む拝み屋で、私より十歳ほど若い。片山敏彦ほどではないが、「イケメン」と呼ばれるにふさわしく顔が整っている。この業界で彼を知らない人間がいたら、それはモグリという証拠だろう。彼は何の理論もなく、あらゆる霊障を力業で解決してしまう。人間というより、神仏に近いと言ってもいい存在だ。

数年前、お茶《ちゃ》の水《みず》にある泉さんが持つ物件に、何故かどのテナントも三か月と持たず退去してしまうビルがあった。その土地は調べたところ、さかのぼると明治時代から、事件だの事故だのが絶えない場所だった。そのせいかどうかは分からないが、百年以上もかけて良くないものが蓄積されていて、どこからどうしたらいいか分からないくらいうじゃうじゃと集まっていた。無理です、と断ることもできたが、力の強い怨霊《おんりょう》がいたわけではなかったから、時間をかけて解決するつもりだった。

しかし、そのときたまたま、物部斉清が仕事で東京に来るという知らせがあったのだ。泉さんは困っていたし、少しでも早く解決した方がいいかと思って、私は物部に相談をした。何かアドバイスを貰《もら》うだけで、自分でどうにかするつもりだった。

しかし彼は電話で話を聞いた十五分後に車で現場までやってきて、私が一年半かけてゆっくりと綺麗《きれい》にしていった——もとい、それだけ時間をかけても全く解決できなかったその場所の穢《けが》れを、五分で綺麗にしてしまった。物部は自身の仕事のついでに来たので、彼の流派の衣装を着用していた。泉さんはそれを見て、彼を陰陽師だと判断したのだろう。

泉さんは彼の仕事が終わった直後、「これでもう大丈夫です」「裏手に印を付けておきましたから、月に一回くらいそこに花を供えてあげてください」そんなことをにこやかな笑顔で、矢継ぎ早に言われて、はい、はい、と頷《うなず》いていた。物部は常に傲慢不遜《ごうまんふそん》な態度だというのに、何故か泉さんに対しては非常に穏やかだったから、猫を被《かぶ》っているな、と思ったのを覚えている。あるいは、彼には泉さんの善性が分かるから、あのような態度なのだろうか。物部は青山君にもとても柔らかい態度だ。だから物部のことが苦手なのだ。私のどうしようもないところが全て見透かされているような気がする。

泉さんのどうしたの、という言葉で私は思考の迷路から抜け出した。

「失礼。少々考え事です。陰陽師……かは分かりませんが、確かに彼に頼れば一発かも。私が彼を紹介するという手もあります。ただ、費用がかかるのと……」

泉さんは心配そうに眉尻《まゆじり》を下げる。

「もしかして喧嘩《けんか》しているの？」

泉さんは大らかなのに、妙に鋭い所がある。

「いえ、そういうわけでは」

「僕の案件とは関係なく、おじさんのお節介として聞いてね。どうしても絶対に心底許せないとかでなければ、仲直りした方がいいよ。年を取ってからは友達なんてできないんだ」

「私は、昔から友達が作れるタイプではありませんが」

「ごめん、余計なことだったね」

泉さんはこちらが申し訳なくなるくらいごめんね、と何度も言った。

「いえ。それで、本題ですが……まず当事者の桃子さんと唯香さんにお会いしないと、判断できないということです。泉さんのことを疑うわけではないですが、霊的な現象ではないかもしれないですし」

「うん……そうだね」

霊的な現象ではないかもしれない、という言葉にほんの少しだけ納得いかないような表情を浮かべたが、泉さんは特に反論することなく頷いた。

「そうだよね。僕の話は、僕の主観が入ってるもんね。それじゃあ、桃子さんに言っておくけど……こちらがお願いしている立場だから、こんなことを言うのは間違ってる。でも、桃子さんは随分参ってしまってるんだ。だから……」

「分かっております」

はっきりとは言わないが、私の不用意な発言を警戒しているのだろう。全く失礼ではない。事実だ。過去に何人も、依頼人が怒って帰ってしまったことがある。言ってはいけないことだと分かっていても、相手に瑕疵《かし》があると、どうしてもそこを突かずにはいられない。悪い癖だ。

「お話を聞きに行く際には、青山君も付いてきてくれますから。青山君、私が失礼なことを言いそうになったら、お願いしますよ」

青山君は曖昧《あいまい》に笑って、努力します、と言った。

3

「どうして助けてくれなかったの」

少女はそう言う。

「分からない」

そう答える。

「どうして私は死んでしまったの」

本当は分かっている。それでも、

「分からない」

そう答える。

少女は生きていた頃と同じ、屈託のない笑みのまま、

「私、あなたのことが好きだった」

そう言って、指を髪に這《は》わせる。

「あなたの髪の毛って本当にきれい。さらさらしてて、光に当たると、きらきらしてて。

太陽みたいだったよ。あなたが、私の神様だったんだよ」

「違う」

違う。違う。違う。そんなふうに思われるような人間ではない。何もできなかった。何も気付けなかった。何も見えなかった。

「うん、違うね。あなたは、何もしてくれなかったね」

少女の顔がどろりと闇に溶ける。ふっくらとした頬が、丸い瞳《ひとみ》が、一度も染めたことがないだろうまっすぐな髪が、歪《ゆが》んで、こちらを睨《にら》みつける。

「ここがどこだか分かる？」

彼女は問いかける。

「天国だと思う？」

「分からない」

同じ言葉が口から出てくる。

「あなたが何度も何度も何度も繰り返した、善い人は行けるって言ってた、天の国だと思う？」

「分からない」

何も分からない。

「違うよ。そんなわけないよ」

洞穴のように空いた眼窩《がんか》に吸い込まれそうになる。彼女は笑う。嘲笑《あざわら》う。

「ここは真っ暗だよ。虫に食われて、何も見えないよ。あなたと同じだね」

「分からない」

「分かるはずだよ」

その通りだ。分かっている。どうかその先は言わないでくれ。そんなことを言うことは許されない。

「あなたのせいだよ。あなたが見えなかったから、地獄に行ったよ」

謝る資格さえない。このような醜い姿にしたのは、自分だからだ。屈託なく笑う、純真で、ただ信じてくれていたこの少女を、こうしたのは自分だからだ。

「私は何も悪いことしてないよ。地獄に行きたくなかったよ。あなたのせいだよ」

彼女は口をぽっかりと開けて迫ってくる。そこで目が覚める。

起きるといつも、目覚めなければよかったと思う。

あのまま彼女の口腔《こうくう》に吸い込まれて、消えられれば、それでよかったのだ。

しかし彼女は死んだ。死んだ人間は何もできない。もう帰って来ない。

全ては無意味だった。祈りとか、そういうものは全て無駄だった。

尿意を感じてトイレに入る。便座を上げると、磔刑《たっけい》にされたキリストが見えた。

十字架が尿に塗《まみ》れる。それを見て、矮小《わいしょう》な満足感が心に押し寄せ、すぐに引いていく。

これを冒瀆《ぼうとく》的だと感じ、そして冒瀆的なことをしてやったと、復讐《ふくしゅう》をしているのだと、思ってしまうことこそが、自分が未《いま》だ信仰心に縛られていることの証明だ。

「難しいよ」

そう呟《つぶや》いてみる。

思えば、生まれた時からキリスト教徒だった。父も、祖父も、曾祖父《そうそふ》も、その上も、脈々と、血に流れているといってもいいだろう。

難しい。どうしても、神を捨て去るのは。

「あなたは見ているだけだ」

便器の中で湿っているキリスト像にそう言う。

「父よ《エリ》、父よ《エリ》、なぜ《レマ》私をお見捨てになったのですか《サバクタニ》」

キリストが磔刑にされ、今まさに死にゆくときに言ったとされる言葉だ。そうだ。彼もまた、神に見捨てられたのだ。

「あなたは見ているだけだ」

もう一度言う。神は見ているだけだ。何も助けてはくれない。全ては無意味だった。

彼女は暗い所へ行った。

「今度は間違えない」

今度、という言葉が自分に許されるとも思えない。彼女の代わりに自分が死ねばよかったのだ。何も見えない、分からない、自分こそが死ぬべきだった。それでも、今度がある。自分には今度が。

手の穴を通して見ると、壁の隙間から美しい顔がぬるりと這い出して来るのが見える。

それはいつも慈愛に満ちた顔でこちらを見ている。

これは救うものだ。神かもしれない。

これは、自分も、その他も救うものだ。

「分かっています」

そう言うと、それらは均等に並んだ歯を見せて笑った。

いくつもいくつも這い出してきて、美しい音楽が鼓膜を揺さぶる。

分かっている。

出かけるために手袋をする。すると、跡形もなく何も見えない。壁の隙間にはただ暗闇が広がっている。この穴を通してしかそれらは見えない。

救いが必要な人間は数多《あまた》いる。しかしまず、子供からだ。

彼女も子供だったから。

黒いガウンに袖《そで》を通すと、まるで自分が未だに聖職者であるかのような気分になり、思わず笑ってしまう。何も意味がない。しかし、この姿でいれば、人は警戒心を解く。

そうすれば、救うことができる。

「愛《いと》しいすべての命のために、吾身御身《わがみ》に捧《ささ》げます」

穴の向こうのそれに祈り続ける。そうすれば間違いはない。

4

泉さんの言う通り、丹羽桃子は疲れ切った様子だった。

彼女の経営する〈アントルメ世田谷〉は『モリヤこども医療センター』から徒歩十分ほどの場所にあった。モリヤ、と聞くと、どうしてもあの事件を思い出す。泉さんも言っていた、いろんな報道のあった事件。実は、私も青山君も、深く関わっている。数か月前に、モリヤの所有する建物内で大量殺人があった、という件で会社に捜査が入った。その建物は新興宗教の本拠地になっていて、そこで信者同士が殺しあった形跡があり、何人もの遺体が発見された。CEOの守屋《もりや》秀光《ひでみつ》は一貫して全く知らなかったと答え、実際に関与していた証拠も見付からなかったが、結局辞任して、今は外部から来た別の男性がCEOを務めているそうだ。辞任した今も、モリヤはその新興宗教の資金源であり、一連の殺人に深く関与していたという疑惑は払拭《ふっしょく》できていない。

しかし、守屋秀光は本当に無関係だ。無関係というより、何も知らなかった。

その新興宗教の名前は「八角教《はっかくきょう》」といって、キリスト教系のカルト教団だ。元はせいぜい十世帯程度が集まってできた教団だったが、教祖が柏木春樹《かしわぎはるき》という十九歳の青年に代替わりしてから急速に大きくなった。それも、殆《ほとん》ど誰にも気付かれずに。理由としては、柏木春樹が、私と同じような特殊能力を持っていたからだ。

大学の同級生から、「妹が八角教に嵌《はま》っている」と相談を受けた。それで私と青山君は直接的に柏木春樹と対面することになったのだ。

柏木春樹の力は私よりずっと強かった。守屋秀光もその力ですっかり洗脳されていた。建物を一棟、広大な敷地ごと貸し与えるくらいには。

教団の常軌を逸した『奇跡』を、その力で現実のものにできてしまっていた。だから、彼自身は最後まで、奇跡の実現が自分の力によるものだと気付いていなかった。全て、祈りが神に届いたのだ、と言っていた。

起こったことを自分の能力によるものだとも気が付かず、その結果ますます信仰心を強め、人が傷付いたり死んだりすることにも全く疑問を持たなくなっていた。柏木春樹は悪人ではなかった。ただ、幼稚な人間だった。

私は、青山君と物部の力を借りてなんとか決着をつけたが、彼を未だに可哀想な子供だと思っている。私と同じ、きちんとした育ち方ができなかったのだ。

「るみ先輩、行っちゃいますよ」

青山君が私の手を引いた。私はすみません、と謝ってから、感触が違うことに気付く。よく見ると青山君は光沢のある素材でできた手袋を嵌《は》めていた。

「ああこれ。誕生日に貰《もら》ったんです」

「誰から？」

「物部さん」

「あの人、誕生日に贈り物をするという常識があるんですね」

私がそう言うと、青山君は失礼ですよ、と苦笑した。

「ちょっと、ちゃんと付いてきてくれよな」

〈アントルメ世田谷〉の赤い看板の前で手を振る泉さんに、今度は二人揃ってすみません、と謝った。

桃子は定休日の〈アントルメ世田谷〉を開けて、私と青山君、それと泉さんを招き入れてくれたのだが、歩き方がふらふらしていて、椅子を引く動作すらも覚束《おぼつか》ない。こんな様子でケーキを焼いたりしているというのが不思議だった。

「どうぞ。ありあわせで悪いけど」

そう言って彼女は白鳥型の器に入ったプリンを三つ、テーブルの上に載せた。

「ありがとうございます」

青山君はわざとらしいほど明るい声色でそう言う。

「うわあ、美味《おい》しい。すごく美味しい。この間渋谷《しぶや》にあるホテルでプリンを買ったんですが、ひとつ700円もしました。でも、それよりずっと美味しいです。すごいなあ」

私もスプーンで一口掬《すく》って食べた。そこまで絶賛するほどではないが、美味しい。卵の味が濃く、それでいて甘さはしつこくない。キャラメルの苦みも抑えられているから、万人に愛される味だろう。確かに、この味で、この可愛らしい器も付いて350円は、すごいことだ。

「ありがとう。お世辞でも嬉《うれ》しいです」

「お世辞じゃないですよ。素人がこんなことを言ったら失礼かもしれませんが、僕は教会で働いていまして、信者さんたちのために軽食、お菓子なんかを作ることがあります。だから、このクオリティのものがこのコストで食べられるというのは、並大抵のことではないと思います」

青山君がまっすぐに桃子の顔を見て言うと、青白い頰にほんの少し赤みがさした。青山君の言葉には嘘がない。それをはっきりと、かと言って失礼のないように伝える能力もある。彼はどこへ行っても人に愛されるだろう。

ううん、と泉さんが咳払《せきばら》いをした。

「それで、唯香ちゃんのことを」

唯香、という言葉が出た途端、桃子の顔が再び曇ってしまう。私は俯《うつむ》く桃子をじっと見つめた。

なるほど、美人だ。普通の女性だったらするのをためらう程短い髪型もよく似合っている。泉さんの言っていた「クラスのマドンナ」という言葉から連想する妖艶《ようえん》さなどはなかったが、保険会社のCMに出ている清潔感のある女優のようだ。しかし、整った顔立ちより印象的なのはその手だった。爪はかなり短く切りそろえられている。繊細な印象の顔立ちに比して、節くれだっていて、指先が広がっている。それに、細かいシミがいくつもあった。恐らく、ずっと前に負ったであろう火傷《やけど》や切り傷の跡だ。

仕事に対して、きちんと向き合ってきた人なのだろう。お店屋さんごっこ感覚で開業したような人たちとは違う。精神的に追い込まれていても、仕事で手抜きをするような人ではなさそうだ。

「もしかして、何か、見えるんですか」

桃子がきょろきょろと視線を動かして言う。私がじっと見ていたからだろう。

「いいえ、今のところは何も」

「そうですか……あの」

桃子は一旦《いったん》言葉を切ってから、

「どこから、話したらいいか……」

「そうですね、泉さんから聞いたのは、バイクとの接触事故——未遂、の話です。夜中自転車に乗って外に行ってしまった唯香さんを追いかけてみると、唯香さんは目の前でバイクとぶつかってしまった。しかし、唯香さんは無傷。バイクの運転手は唯香さんを撥《は》ねないようにした結果転倒した。挙句文句を言おうとした彼は見えない力によって吊《つ》るされた。どうもそれは唯香さんの仕業のようで、唯香さんはずっとその調子だ、と、要約が下手で申し訳ありませんがこんなことを。それと、唯香さんが」

「『学校で』と口に出す前に青山君が私の話を遮った。

「『邪魔をするな』と繰り返すことですよね。そして、何かに手を合わせていること」

助かった。私は危うく、学校で周囲の子供たちに危害を加えたことを話しそうになっていた。しかし、それは泉さんが必死に、桃子に伝えないようにしていたことではないか。

「はい……」

桃子はしばらく沈黙してから、蚊の鳴くような声で言った。

そしてまた黙ってしまうので、

「私がお伺いしたいのは、きっかけです」

「きっかけ……」

「はい。きっと、唯香ちゃんは突然こうなったんですよね。体が丈夫になったと思ったら、ふらふらと夜出かけていく。その境目というか……例えば、そうなった日の朝スーパーに寄って、誰かから話しかけられたとか、そういった些細《ささい》なことでも構わないのです。イレギュラー、イレギュラーな出来事に心当たりがあったら、お聞かせ願えないかな、と」

イレギュラー、と口に出したあたりで、桃子は「あっ」と声を上げた。

「何かありましたか」

「はいっ」

桃子は急に早口になった。

「その日、ちょうど通院だったんです。唯香の。それで、看護師さんに、病院でやってる、子供向けのイベント？に参加したらどうかって誘われて。病院には、唯香の入院仲間っていうか、そういうお友達が沢山いるから。イベントは、絵本の朗読だったり、手品だったり、色々なんですけど、そのときは心理カウンセラーの人のお話会。入院してる子向けのものだから、基本的に親は一緒に参加しないものだし、私は会計士さんとのお話があったので、終わった頃に迎えに来てもいいですかって言って——それで、迎えに行ったんです。そのときは普通でした。ママ、って普通に、呼んでくれました。でも、その日の夜、いなくなって……それからです。どうして思い出さなかったんだろう。ごめんなさい、多分それです」

「いえいえ、謝る必要なんて。だって、普通の、病院が主催していたイベントなんですよね。むしろ、よく気が付いてくれましたというか。そのイベントに問題があったかどうかは分かりませんが、調べた方がよさそうですね」

「はい、ありがとうございますっ」

まだ何もしていないのに、桃子は頭を下げた。

彼女は自分のことを最低の母親だと言ったらしいが、そんなわけはない。もしわが子のことを本気で嫌になってしまったのなら、こんなインチキ臭い商売をしている者にわざわざ会ったりしないだろうし、何よりこんな表情をするわけがない。

「あっあの」

桃子はおずおずと、スマートフォンを差し出してくる。画面には、『ゆうくんママ』と表示された、誰かの連絡先があった。

「これ、私のママ友の——唯香が、三歳くらいのときからの付き合いの、男の子のお母さんの連絡先です。最近、唯香が通院する必要がなくなってしまったから、会ってないんですけど。すごく優しい人だから、きっと、色々話してくれるかなって。ゆうくんも、あのとき、いたので。もし、よかったら、私から連絡入れてもいいですか？」

私はぜひ、と答えてから、残りのプリンを一口で平らげた。桃子がほんの少し笑って、あと二つありますけど、と言った。

5

一日事務所に帰っても、まだ外は明るい。

「日が長いとなんだか得した気分です」

「まあ、これから短くなっていくばかりですけどね」

振り返って青山君の方を見る。青山君は冷蔵庫を開け、中から冷やした紫蘇《しそ》ジュースを取り出している。

これが普通の人なら、何のことはない普通の会話だ。しかし、青山君だと話は別だ。いつもポジティブな彼が、こんなに暗いことは言わないはずだからだ。

「どうしました？」

青山君はきょとんとした顔で私を見つめている。

「あ、頼まれてもシェイクは作りませんよ。カロリーが高すぎます。さっき、丹羽さんのお店でプリン三個――どころか、パウンドケーキもまるまる一本食べたでしょう」

「だって、丹羽さんが出して下さるから」

私は口元を隠してそう答える。

「絶対にお土産用だったと思いますよ」

彼の笑顔を見て、やはり気のせいかもしれないと思う。

青山君はソーダ水で割って、美しい赤紫の飲み物を作りだした。

つるつるとした素材の手袋がグラスをなぞって、高い音を立てる。青山君は私の方を見ない。ただ、手元に集中している。

「大丈夫ですか」

そんなことを聞く。どんなに些細な違和感でも、無視したくはない。青山君のことだ。

「えー？」

口角を上げたまま彼は答える。

「何がですか？」

「ほら……依頼人が、小さい女の子……」

「ううん」

青山君は軽く咳払いをしてから、私の正面に腰掛けた。

氷が鮮やかな赤紫に溶けていく。

「そうですね、本当は、悩みの大きさって大人も子供も同じ――というか、大人になると、問題は自分だけのことでは済まなくなる場合も多いですから、大人の方が大きいはずなのに——なぜか、子供の方が、可哀想というか、早く解決してあげなくてはというか、そう思いますよね」

「そういうことではなくて……」

私は青山君の顔をまじまじと見つめる。

小さい女の子の話で、彼が動揺しないはずはないのだ。それなのに、彼はずっと、いつものように子犬のような笑顔を私に向けている。

「物部さんだったら、態度も変わるかもしれないですね。あの人、なんだか子供に特別優しい気がする」

私はなるべく間を空けないように、そうですね、とだけ言った。

「ゆうくんママ」とやらに話を聞きに行く予定の日、直前になって青山君からメッセージが届いた。

『説教の仕事が入ってしまいました。今日は同行できそうにありません。申し訳ありません』

第二章　三日月

1

桃子の紹介で会った「ゆうくんママ」は桃子とはかなりタイプの違う女性だった。まだらに染まった茶色の髪をゆるく巻いていて、服装も大学生のようだ。

桃子が手を振ると、おざなりに頭を下げて近付いてくる。

「はじめまして、私こういう者です」

私が名刺を渡すと、彼女はちらりと見た後、私は名刺とかないんですけど、と小さな声で言った。

「ひさしぶりだね！」

桃子が妙にはしゃいだような、明るい声で言った。

「……一か月半くらいじゃない」

「ゆうくんママ」の様子などお構いなしといった感じで桃子は、

「わあ、そんなに経っけ。ちょっと待って。いま、ケーキ持ってくるね」

そう言ってカウンターの中に入っていき、やがてトレーにいくつもケーキを載せて戻ってくる。

「どれでも好きなの取って」

桃子がそう言っても「ゆうくんママ」は手を伸ばさない。私もどう話を始めたらよいか分からず、美味《おい》しそうなケーキにも手を出すことができなかった。

桃子だけは「ゆうくんママ」と会えたことが嬉《うれ》しいのか、饒舌《じょうぜつ》だ。

「前お茶したの、いつだっけ。お菓子、お口にあったかな？　旦那《だんな》さん、あっ、元旦那さんか、その後、大丈夫？　また家に来たりしてない？　もうバイトは大丈夫？　お菓子だけなら作れば沢山あるから、いくらでも持ってっていいよ」

バン、と音がした。桃子が体をびくりと震わせ、大きな目をおどおどと動かした。天使の羽の模様が付いたティーカップから紅茶が零《こぼ》れ、木製テーブルの上にシミを作る。

「ゆうくんママ」が拳《こぶし》を堅く握りしめていた。

「ゆうくんママ……？」

桃子は媚《こ》びるような――私がそう感じているだけかもしれないが、そんな上目遣いで彼女の顔を覗《のぞ》き込んだ。

「ハッ、マジでいるんだ、れーのーしゃってやつ」

そう言って彼女は馬鹿にしたように笑った。笑うと顔が横に広がって、ぎょろぎょろとした目も相まってカエルみたいだ。カエルみたい、と口に出しそうになってすんでのところで踏みとどまる。たしか、事務所を開いて二週間くらいしたときに、私は依頼者の女性にサルみたいと言ってしまったことがあるのだ。

『どんな意図であったとしても、例えば好意的な意図だったとしても、人を動物に喩《たと》えるのは不快に思う人が多いのでやめておきましょうね』

そんなふうに青山君に言われた。それ以来、私はなんとかその手のことを本人に直接言うことは我慢できている。

「てか、あんた男？　女？」

おーい、聞いてる？　とか何とか言いながら、「ゆうくんママ」は私の顔の前でぶらぶらと手を振った。

「ゆ、ゆうくんママ……こちら、佐々木さん、女の……」

「ははは。分かってるって。女なんでしょ。名刺に『るみ』って書いてあるもんね。るみちゃんから見てこの人どう？　なんかムカつかない？」

私は「ゆうくんママ」をじっと見つめた。私も失礼なことを言ってしまうタイプではあるが、この女は同類か、もっと悪いかもしれない。悪意の有無で発してしまった暴言が軽くなることはないが――

「ちょっと、ゆうくんママ……失礼だよ。ごめんなさい佐々木さん、いつもはこんなふうじゃ……」

「あんたがやってるのと同じ、普通のコミュニケーションでしょ。てかこんなふうって何？　上から目線やめて」

弱々しく頭を下げる桃子を睨《にら》みつけながら、「ゆうくんママ」は口元だけで笑っている。

「いいのです。『ゆうくんママ』さんは桃子さんと違って、元気に過ごしておられるようですね」

「はあ？　何それイヤミ？　てかあんたにそんなふうに呼ばれる筋合いないんだけど。こっちには塩沢《しおざわ》里佳子《りかこ》って名前がきちんとあるんだから」

ゆうくんママ、もとい里佳子は舌打ちをする。それを見て桃子は、前はこんな感じじゃなかったんだけどれ、と私にだけ聞こえる声で呟《つぶや》いた。

彼女も青山君がいればこのような態度を取らなかったかもしれない、と私は思う。彼女がこんなふうな態度を取る原因は明らかだ。しかし、こうなってしまった空気を和らげることは不可能だった。

それに、どんなに失礼な態度を取られても傷付いたりはしない。容姿の悪さゆえか、私は初対面の人間から見下したように接されることがよくある。この程度は慣れっこだ。

「失礼しました、塩沢さん。息子さんの変化についてお聞きしたいだけなのです」

里佳子はふうん、と言ってから、今度は桃子の方に視線を向けた。

「さすがウチにあれこれ言ってくるだけあって余裕あるね。れーのーしゃだかなんだかに相談できる金あっていいよねえ。やっぱ、儲《もう》かってるんだ、お菓子屋さん」

「そんな、そういうわけじゃ……お金だって、佐々木さんは、同級生の泉君の紹介だし」

「泉君ね。いいよね美人は。すぐ男が助けてくれるもんね。お菓子屋さんも男に助けてもらってるの？」

「あの、息子さんの様子は？」

桃子を庇《かば》ったわけではない。里佳子の言いざまが、有り様が、遠い記憶の中の母親《ゴミ》に似ていて——もっと言えば、里佳子の気持ちにどこか同調してしまう自分がいて、気分が悪くなったからだ。

里佳子は舌打ちをして、

「そんなに気になるなら見に来る？」

そう言って片手でティーカップを摑《つか》んでごくごくと飲み干し、椅子から立ち上がった。

「ま、待って、ゆうくん、具合は大丈夫なの？」

桃子も慌てて立ち上がり、声をかける。

桃子から聞いたところによると、「ゆうくん」は先天的な問題で体がうまく動かせず、車椅子に乗って過ごしていたらしい。激しい運動はできないが、絵が上手で、よく唯香と一緒に絵を描いて過ごしていたそうだ。里佳子は口は悪いものの愛情深い母親で、桃子と同じようにシングルマザーであることから意気投合し、お互いに励ましあい、働きながら病気の子供の面倒を見る苦労を分かち合っていた、というのだが、こうして話してみると、とてもそんな関係性には見えない。

「あんたのとこと同じだよ。具合、良くなって、今は一人で家にいる」

「えっ、一人？　一人って……だって、どうするの、旦那……元旦那さんが」

里佳子は桃子の方を振り返りもせず、ずんずんと進んでいく。〈アントルメ世田谷〉から五分ほど歩き、駅に着いたところで、

「こっちは話を聞かせてやってる立場なの。普通、タクシー呼ぶとかあるでしょ」

「気が利きませんもので、すみません」

私は口だけで謝って、タクシー乗り場まで走って行き、二人に後部座席を勧めた。

タクシーに乗っている間は意図的に意識を窓の外の景色に向けて、二人の会話は聞かないようにした。桃子は無神経なのだ。無神経な人間とはそういうものかもしれないが、人が言われたくないだろうことを無意識に言っている。そして、里佳子は、それに対抗するために、言うつもりもなかったであろう、醜い僻《ひが》みのようなことを言い返してしまう。きちんと聞かなくても、無意味で聞き苦しいやり取りが続いていることは分かり切っている。青山君がいない今、私は自分が何を言ってしまうか分からず、恐ろしかったのだ。

そのような苦痛の時間は一時間ほど続いたように思えたが、時計を見ると十分ほどしか経っていない。タクシーが止まったのは、市営住宅の前だった。

「とうちゃーく。ウチ、こんなとこ住んでんだよ。あんたみたいに、助けてくれる男な

んていないから」

桃子は落ち着かない様子で目を左右に動かしている。私には分かる。里佳子にとっては、このような様子さえ腹立たしいに違いない。

階段を上がってすぐのところに里佳子の部屋はあった。

わざとらしく大きな音を立てて鍵《かぎ》を開け、里佳子はただいまも言わず部屋に入った。私と桃子も後に続くが、玄関にも色々なものが散らばっていて、どこを歩いたらいいか分からない。ところどころに置かれているチューハイの空き缶が、彼女が日常的に相当な量の飲酒をしていることを示している。しかし不思議なのは、このように散らかった部屋にも拘《かかわ》らず、花のような良い匂いで満たされていることだ。しかも、芳香剤のような人工的な香りでもない。

「ちょっと、じろじろ見んなよ。別に、服とかは踏んでもいいから」

里佳子に声をかけられて、遠慮なく衣類を踏みながら家に上がった。桃子も申し訳なさそうにしながら付いてくる。

「なんか……音」

桃子がそう呟く。確かに、何か聞こえる。子供の声。歌っているのかもしれないが、妙に抑揚がない。

「裕《ゆう》」

里佳子が呼ぶと、プラスチックの容器が散乱しているちゃぶ台の端がわずかに動いたように見えた。

「裕」

もう一度里佳子が言って、ちゃぶ台を蹴倒《けたお》し、大きなサイズのタオルをめくった。

背後から息を呑《の》む音がした。私も桃子がいなかったら悲鳴を上げていたかもしれない。

目のぎょろぎょろした坊主頭の子供が、瞬《まばた》きもせずこちらを見ている。

「邪魔をしないでください」

子供は淀《よど》みなく言って、タオルを被《かぶ》る。

「邪魔じゃないだろ。ったく」

里佳子は悪態を吐きながらももう一度タオルをめくることはしなかった。衣類の山にどっかと腰を掛けて、

「まあ、こういう感じなんだよね」

なぜか得意げにそう言う。

「ゆうくん……元気って、言ってたのに」

「はあ？」

絞り出すような声で言う桃子に里佳子が凄《すご》む。

「元気だろうが」

「元気じゃないよ……あんなに、痩《や》せて」

瞬間、固いものが飛んでくる。腕に掠《かす》ってじわじわと痛んだ。視線を下に向けると、

空調のリモコンが落ちている。

「あのさあ、どこまで馬鹿にするわけ」

里佳子がぎらぎらとした目でこちらを見据えていた。

「動いて、喋《しゃべ》ってる。歌ってる。自分で。たまにだけど、食事だって一人でするんだよ。元気なんだよ」

「そんな、それだけで……」

里佳子は口を開いたが、思い直したようにまた閉じて、舌打ちをした。

「とにかく、元気なんだよ。確かにぶつぶつなんか言ってるけど。もう車椅子いらないんだから」

「うん……それは、私も良かったって思うんだけど……唯香も、運動できるようになったし」

「あの、ちょっとよろしいでしょうか」

私は二人の会話を遮って、

「息子さんは、車椅子ということですが」

「そうだよ。脳性麻痺《まひ》。右手だけは使えるけど、他はうまくいかない。喋り方も、普通とは違うかもね。ま、今はなんもないけど」

「そうですか。それがすっかり、治ったと」

里佳子はぶっきらぼうに「だからそうだって言ってんじゃん」と言う。

唯香が運動ができるようになったのよりも、あり得ない話だ。脳性麻痺は出生前、分《ぶん》娩《べん》中、あるいは出生直後に起きた脳への損傷か、もしくは元からの脳の異常が原因で起こるもので、症状に差はあるが、運動困難を来す。理学療法や作業療法で生活しやすくなることはあれど、完治ということは現代の医学では不可能だ。

「ありがたや、ありがたや」

甲高い、それでいて抑揚のない声が聞こえる。

「あわれみたまえ、だいじだいひのかぎのちかい」

タオルがもぞもぞと動く。

「かよいくるくるつきのひかりの、みはあきらかになるぞうれしき」

私は慌ててボイスレコーダーを起動した。桃子と里佳子の不毛なやり取りを録音したくなくて一時的に切っていたのが悔やまれる。

裕が歌っている。そして、おそらく唯香も同じ歌を歌うのだ。桃子は唇を震わせて、縋《すが》るように壁にもたれかかっている。視線はタオルに向けられたままだ。

「おさらさま、いまはいずこにおらりょうか」

歌が終わった。タオルは動きを止め、ただそこに在った。

桃子も、里佳子でさえも、一言も発さない。

私は近寄って行って、タオルをめくった。

そこには、ぎょろりとした目の、小さな男の子がいるはずだった。

何もない。

タオルがばさっと音を立てて床に落ちた時、絹を裂くような悲鳴が聞こえ、足音と共に外に走り去っていく。桃子さん、と振り返って言おうとして、

「邪魔をしないで下さいね」

背中に、ぎょろりとした目の子供が張り付いている。私は咄嗟《とっさ》に目を瞑《つむ》り、子供を振り払った。体は離れているが、見られているのだけは分かる。背中が燃えるように痛む。一瞬、目を見ただけで猛烈な悪寒が止まらない。心臓が口からこぼれてしまいそうな不快感がある。何故か分からない。出所の分からない恐怖感で、邪魔なんてしません、と言ってしまいそうだった。目を瞑ったまま、手探りで外に出る。散乱したものに足を取られて、二回ほど転んだかもしれない。すぐに立ち上がる。膝《ひざ》の痛みなどどうでもよかった。後ろでずっと聞こえる歌声から逃げられれば、それだけで。

「てるつきのねがいはひとつひたすらにおさらかんのんあらわれたまえ」

なんとか玄関から出ると、それまで感じていた背中の痛みが嘘のようになくなる。同時に、人の気配を感じたので恐る恐る目を開けた。桃子と里佳子が身を寄せ合うようにしてしゃがみ込んでいる。

「だ、大丈夫……ですか」

桃子が震える声で言った。

「そちらこそ……」

そう返すと、桃子は首を弱々しく縦に振った。

里佳子は相変わらず一言も発さない。ただ、桃子と私を交互に見ている。

しばらく三人で黙って立っていると、里佳子がようやっと口を開いた。

「もう、帰って」

「えっでも」

「帰って」

里佳子はのろのろとドアに近付き、入ろうとする。

「待ってください」

私が軽く腕を摑《つか》むと、里佳子は振り払うことなく、心底面倒そうに「なに」と言った。

「息子さんが参加されたイベントは、どなたが何をしていたのか教えていただいてもよろしいでしょうか」

里佳子はぼうっとした顔で、

「なんか、黒い服の人？　話してたって。待ってて」

里佳子は部屋に入り、またすぐに出てくる。右手に一枚の紙を持っていて、私に押し付けるように渡してきた。

「裕が描いたから。それ持って、とっとと帰って」

突き飛ばされ、よろけている間に、里佳子は大きな音を立ててドアを閉めてしまった。

そう声をかけたまま、桃子も黙り込んでしまう。

「……仕方ないですね。帰りましょう」

「佐々木さん……」

「はい……」

桃子は階段を下りるときも、建物から出るときも、何度も振り返っていた。

バスに乗り、〈アントルメ世田谷〉に帰るまで、桃子は強張《こわば》った顔で一言も話さなかった。私もとても声をかける気にならなかった。私たちは里佳子の家で、紛れもない怪奇現象に遭遇したのだ。

それに私は何も見えなかった。何も見ることができなかったというのが正しい。人ならざるものを見るのは私にとってはごく自然なことだ。例えば直接的な幽霊だの妖怪《ようかい》だのというものでないときでも、その影響下にある人間には何かを感じたりもする。しかし、今回は、そのようなことを考える前に、頭を殴られたような、全身が何か鋭い刃物で貫かれたような——死が目前に迫るような危機感があって、私は何もできなかった。

私より優れた同業者(物部はまさにそうだ)や、手に負えない怪異と遭遇したことなど何度もある。もしかして今日が命日かも、と思ったことも。しかしうまく考えがまとまらないが、今回はそれとは違うものを感じる。相手に敵《かな》わないことから生まれた恐怖感ではなく、突然発生した危機感なのだ。トリガーはあの子供だと思う。振り返って裕の目を見た瞬間、体の奥底から湧き上がってきたものに勝てず、こうやってすごすごと退散する羽目になった。

「ごめんなさい」

店の席に座ってしばらくしてから、桃子がぽつりと言った。ごめんなさい、とは、里佳子の態度が悪かったことについてだろうか。それとも、先に里佳子の部屋を飛び出してしまったことだろうか。前者は謝られても仕方ないし、後者は桃子のせいではない。桃子のような、全く心霊案件に触れてこなかった人間にとって、『もぞもぞと動いていたタオルをめくってみても中に何もなかった』などというのは十分に怖いことだろう。逃げ出すのも無理はない。

「いえいえ……仕方のないことです。誰だって、あんな目に遭えば」

「違うんです」

桃子は私の言葉を途中で遮った。

「私、どうしてこんなに大事なことを忘れてしまうのかなって……本当に……でも、もしかして、無理やり忘れようと……」

桃子ははっきりしない口調で言い訳のような、自責のような言葉を連ねる。正直、また少し苛《いら》ついてしまった。彼女は人に話を聞いてもらうことに慣れすぎている。きっと、「要点だけ話して」などと言われたことはないのだろう。私はなんとか苛立ちを隠して、

「桃子さん、落ち着いてください。どういうことですか」

「私、あの歌聞いて……唯香が、同じこと言ってたって思い出して……」

もしかして、『唯香も同じ歌を歌っていたのに思い出せなくてごめんなさい』という意味か。

「いえいえ、急に思い出すことはありますよ。今回の場合、裕さんと唯香さんが同じ歌を歌っていたというのは想定できることですし、そもそも、複数の人間が」

「違うの」

桃子は涙を零《こぼ》しながら、

「歌じゃないの。言ってたの。誰にも信じてもらえないと思ってたから、それに怖すぎたから……無理に、忘れた。忙しかったのもあるけど、そんなの言い訳にならないよね。目を逸《そ》らしていれば、いつか元通りになるって思ったの」

「言ってた、とは？」

「おさらさま」

おさらさま、いまはいずこにおりょうか。

裕の抑揚のない声と、単調な音階。

「病院から帰ってきたとき、唯香、楽しそうにしてたの。裕君と会えたから、それでかなって。でも違った。『明日《あした》、おさらさまが来るからね』って言ってた。『おさらさまって？』って聞いたら、唯香は急に照れたみたいにもじもじしながら、『やっぱりなんでもない』って。なんていうんだっけ……イマジナリーフレンド？ってやつかなって思ってスルーしちゃったの。でも……」

桃子はつっかえつっかえ、何か言っているようだった。私はレコーダーを起動させ、録音を開始し聞き流す。おさらさま、という言葉について考える必要があるからだ。

おさらさま、おさらかんのん。かんのんは「観音」だろうか。

ふと手元に握っていた絵のことを思い出す。そういえば、謎の緊張感がずっと続いていて、渡されたのに見てすらいなかった。握りしめてよれてしまった紙を伸ばしつつ、開いていく。

開いた瞬間、喉《のど》から声が漏れた。

子供の絵にしては上手《うま》い。何が描かれているか分かる。子供たちが円になって座って、話を聞いている絵。そんなものはどうでもいい。これはなんだ。円の中央に位置する黒いものだ。

真っ黒に塗りつぶされた人間の、目だけぐりぐりと大きい。

2

モリヤこども医療センター　一階受付　半井幸子《なからいさちこ》

その日ですか。ああ、ありましたね。うちでは、大体読み聞かせとか、お話会とか、近所の中学校の合唱部に来てもらったこともありました。ごくたまにですけど、プロの手品師とか呼んだり。病気の子供って、とてもいい子が多いんです。大人びていて。普段、家族に迷惑をかけている、と思っている子が多いからなのかな。いつも笑顔なんですけど、無理しているというか、そういう子が多くて。だから、こういうイベントの時は、基本的に家族の方には遠慮してもらっています。職員も邪魔はしません。防犯カメラがついているので、何かあったらすぐ分かるようになっていますし。

そういう、先生とか、看護師とか、家族がいない場所だと、子供たちってすごく自然な笑顔を見せてくれるんです。

その日は——待ってくださいね、ああ、粘土細工だ。うちの職員の娘さんが、紙粘土でリアルなミニチュアを作っていて、一部で有名で、本も出してるらしくって。だから、その娘さんに、お願いしたんですよね。その日。

だから、あなたが言っているように、お話会とかではなかったはずですよ。もういいですか？　こちらは個人情報があるので、これ以上は。

え、娘さんの？　それくらいなら、まあ。

筒井彩菜《つついあやな》（ミニチュア作家ＡＹＡとして活動）の同棲《どうせい》相手　須藤義道《すどうよしみち》

彩菜はずっと調子がおかしいですから。本当は話したくないですけど、もしあなた……佐々木さんが、お祓《はら》いとか、本当にできるっていうなら、話します。俺はそういうの信じてなかったんですけど、やっぱ、そういう関係のことなんだな、って思わなくもなくて。今まで寺と神社、あと占い師？のとこに行きました。全部ダメでした。なんか、眠れば治るとか、気の持ちようみたいな、そういうこと言われるだけで。ムカつく。だから、ぶっちゃけ佐々木さんも、そういう人じゃないかと思ってます。ただ、佐々木さんはあいつらと違って、金払えとか言ってこないし。だから、話だけなら。

彩菜、子供が好きなんですよ。彩菜のお母さんは、言語聴覚士さんです。生まれつきの障害で、話すのが難しい子供が話すことができるようになる訓練とかしてるみたいで。病院に行くとき、『生まれつき、顔に問題が出てしまっている子供とかいるけど、大丈夫？　普通の子供たちとは違うのよ。驚いたり、じろじろ見たりしないように、できる？』って言われたと話していました。彩菜は、『馬鹿にしないで。そんなことしないよ。子供はみんな可愛いよ』って言ったらしいです。実際、本当にずっと、楽しみにしていたから……。

すみません。

とにかく、その日、彩菜は笑顔で出かけていきました。俺は仕事が休みだったんで、終わる時間に迎えに行くよって言ったら、何時に終わるかきちんと決まっていないから、それはいいよと。ただ、正午くらいに始まって、だいたい二時間くらいで終わるとのことでした。

ここから病院まではだいたい往復一時間弱かな。でも、十一時ごろ出て行って、帰ってきたのは、正午でした。そもそもおかしいでしょう。とんぼ返りみたいな時間だったんですから。

「どうしたんだよ」

って言いました。でも、彩菜はしばらく無言で。何度かどうしたんだ、って言って、やっと、

「分からない」

と言いました。そして、玄関のあたりに蹲《うずくま》って、泣き出してしまって。

肩を摩《さす》りながら話を聞くと、本当に分からなくて、いつの間にか帰ってきてしまったということらしいんです。それで、泣きすぎたのか、玄関で、戻してしまいまして。で、気持ちが悪い話なんですが、その吐瀉《としゃ》物の中に、紙粘土があるんですよ。

月の形をしていました。丸くて、ぼこぼことクレーターがあって。

彩菜はすごい悲鳴を上げて倒れてしまって、救急車を呼んだんですけど。俺も付き添って行ったんですけど、その日は泊りだから、できることはない、みたいに言われて。念のため、彩菜のお母さんに連絡はしましたけど、そのあと普通に、また家に戻ったんですね。

玄関開けて、俺も倒れそうでした。増えてるんですよ。月が。

彩菜のバッグが倒れてて、そこからすごい数の月が、ぼろぼろ零れてて。

もうめちゃくちゃな気持ちになって、大声出しながら、ビニール袋に詰めて、窓から放り投げたんですけど。途中で、もしかして全部はまずいかも、と冷静になって、一部

取ってあります。

これです。どうですか。俺が気持ち悪いって思うの、分かるでしょ。

例えば彼女が子供たちに作ったんだとしても、おかしい。これ。どう見ても、子供向けのデザインじゃないじゃないですか。子供が想像する月って、三日月とかでしょ。こんなリアルな――ていうか、そもそも、月なんて作りませんよね。

彼女は結局、玄関で倒れた時、軽く足をひねってしまっただけで、他はなんともないので、すぐに帰って来たんですけど。

何か思い出したらまた吐いてしまうかもしれないので、月のことも話さなかったし、見せてないです。でも、俺、うかつで。きちんと掃除できてなかったみたいで、脱衣所に転がってたらしいんです。それを見て、ヤバい、って思ったんですけど。彼女、それを拾って。

「なんだろこれ、ミチくんが作ったの？」

って言ったんです。

俺、信じられなくて、思わず、

「何言ってんだよ。病院で作ってきたんだろ」

って言っちゃったんです。

彩菜はしばらく黙ってから、ぼうっとした表情で、

「私は見たくない」

って言いました。それからです。自分からは何も話さなくなりました。声をかけても、聞いてるのか聞いてないのか分からないみたいな、そういう反応です。

彩菜のとこはお父さんが早くに亡くなっているんで、実家に帰してもお母さんが大変だろうし……って、お母さんと話して、今も俺と住んでます。仕事帰りに様子見に来てくれてますけど。

それで今、何をしているかというと、ずっと月を作っています。

患児　服部《はっとり》向日葵《ひまわり》の母親　服部美奈絵《みなえ》

こんにちは……来ていただいたのに申し訳ないですが、向日葵には会わせられませんよ。私の方の実家にいるので……ああ、いいんですね、私の話だけで。それなら。

唯香ちゃんの参加してたっていうイベント、向日葵も参加してました。唯香ちゃんママと違うのは、私は病院で終わるのを待ってたんです。うちは血液疾患なんですけど。そろそろ終わったかな？　と思って、イベントをやってた部屋に迎えに行きました。いつもは、あの部屋は、数メートル先からでも子供の楽しそうな声が聞こえてくるんですけど、その時はシーンとしていて。少し不思議には思いました。

部屋をノックする直前に、男の人が出てきて。金髪に近い髪色で、多分外国の人でした。可愛い顔してて、笑顔が爽《さわ》やかで、安心する感じ。にっこりと会釈されて、思わずこちらも笑顔になってしまいました。

それで、入れ違いみたいに部屋に入ったんですけど。

なんだか、子供たちはぼうっとしていて、中には、床に寝ころんだまま、じっと天井を見ている子までいました。

向日葵もぼうっとしていたんですけど、私が近寄ると、ママ、と言って抱き着いてきて。そのあと、職員さんや他の保護者の人が入ってきたらみんなも普通になったので、気のせいかなと思いました。

家に帰ったとき、向日葵が手紙を書く、って言ったんです。お友達に書くのかなと思って、

「じゃあ、書き終わったらママと一緒に出しに行こうか」

「大丈夫、明日《あした》来るから」

私はびっくりしました。

「え、ダメだよ。パパもママも明日お仕事だし、それに、何も準備してないよ」

早く言ってよ、と小言を言いながら私はその子が誰なのか聞きました。子供の口約束で、本当に遊びに来てしまっては、何もないし、向こうだって困るでしょう。

「おさらさまだよ」

「おさらさま？」

私は聞き返しました。誰か、例えば「さらちゃん」という子のあだ名かなとも思いましたが……。

「おさらさまが月を降りてくださる。私は鍵《かぎ》を開け、それを迎えます」

すらすらと、淀《よど》みなくそう言う向日葵を見て、全身が凍えるように冷えました。気持ちが悪い。その感情しかなくて、私は娘を突き飛ばしてしまいました。

向日葵はなんでもないというふうに体を起こして、にやにやと笑うんです。

「邪魔はしないで下さいね」

私は気を失っていたんだと思います。目が覚めると数時間経っていて、料理をしようと冷蔵庫から出していた食材もそのままになっていました。

覚醒《かくせい》しないまま起こったことを思い返して――また叫んで、気を失いそうになりました。倒れる寸前に見た、向日葵の目を思い出したんです。睨《にら》んでいるのとは違います。そういうのではないんです。でも、見るだけで、思い出すだけで、こんな思いをするのなら死んでしまいたい、と思うような目つきです。その目で、私をにやにやと観察していたんです。そう、観察でした。同じ人間を見る態度ではありません。

でも、だんだん、体温が戻ってきて、何度も深呼吸をして、夢だったんだ、って思うことにしました。私の夫はホラー映画が好きで、一緒に付き合わされることもあるんです。そういう影響を受けたのかなって。

だから、気を取り直して、

「ごめん向日葵、ママ寝ちゃってたよ。ご飯作るから、ちょっと待っててね、まで言えませんでした。

歌が聞こえてきたんです。

私はじっと見てしまいました。そこからはもう、ダメでした。また気絶して——もう、向日葵のこと、見られません。

黒い布被《かぶ》せて、向日葵の目を見ないようにしています。夫も、最初はすごく怒ったんですけど、見て、分かってくれました。私、虐待してますか？　でも、仕方がなくないですか？

……私、考え方を変えたんです。今、向日葵は幸せかもしれません。

今までは、ずっと顔色悪くて、定期的に病院にも行かなきゃいけないし、すぐに熱が出るし、入院するときはいつも向日葵が死ぬことを覚悟していました。

でもね、今は、そんなこと一切ありません。元気で学校に通ってますし、よく一人で、走ってます。歌だって、気持ち悪いけど、我慢できます。

「邪魔をしないで」

ってよく言います。そんなこと、向日葵は言ったことなかった。私たちにいつも気を遣って、子供なのに、我儘《わがまま》なんて、一言も言わなかった。

だからもう、向日葵の好きなようにさせてあげたいって思いました。

ホラー映画ばっかり見てるからでしょうね。夫は、お祓《はら》いとかに無理やり行こうとして。実際、何件か回りましたけど、効果ないですよね。むしろ、何も知らないお坊さんとか神主さんに説教されて、腹が立ちました。私と向日葵のこと、何も知らないくせにって。

それで、多分離婚すると思います。夫と意見が合わなくて。夫は今の向日葵を治すって言うんです。でも、それって……佐々木さんは、どっちが『治った』状態だと思いますか？

私は、病気のない状態が、『治った』って言うと思います。

夫は向こうの実家にいると思います。私、在宅の仕事なんですけど、仕事の間は母に見てもらっています。

でもあんまり意味なかったな。

今も聞こえますよね。

おーさらーさまーいーまーはーいーずーこーにーおーらーりょーうーかー。覚えてしまいますよ。毎日、聞いてるんだもん。聞こえない？　ああ、今、いないんだった。

私もおかしくなったのかもしれません。私だって、「おさらさま」のことは気になったし、あの外国人が何かやってこうなったんだと思うし、調べましたよ。でもね、外国人なんて誰も見なかったんですって。病院の人が、そう言ってました。

あ、一人だけ、いたかな。外国人かどうかは分からないって言ってたけど。

元モリヤクリーニングサポート派遣社員　北野《きたの》進太郎《しんたろう》
ああ、見たよ。俺、目が悪いからよ、顔は良く見えなかったけど。

真っ黒な服着てたし、まあ、男じゃねえかな。外人の、神父みたいな服だよ。俺、談話室Aの掃除が終わって、じゃあ次行くか、って思った瞬間に、入ってきたな。俺、不審者かと思って、止まっちゃったよ。

話を聞いたら、今日ここで子供さんたちのために話をするとかなんとかで。まあ、そういう部屋だからそうなんですね、頑張ってくださいとかなんとか言って、部屋を出たのよ。

でもさ、すぐに気付いて。外部から呼んだ、ピアノの先生とか、手品師とか、色々いたけど、そういう人は、必ず職員の人に付き添われて来るんだわ。しかも、子供が全員来てからな。

ああ、やっぱり不審者だ、と思って。俺はアホだから、警備員さんとか、他の職員を呼ぼうって発想がなかったんだ。慌てて談話室Aに戻ってしまった。

そしたらさ、そいつ、なんかこう――手を大きく広げてさ、ぶつぶつなにか唱えてんだよ。お経みたいに。

なんかそれ見たら、動けなくなっちまって。

そうそう、一つだけ、すごいもの見たんだわ。

そいつ、掌《てのひら》に大きな穴が開いてんのよ。どっちのって、俺から見えたのは左手だけだけどよ。両手に開いてるとして、なんか変わんのか？

あんまり驚いたから、なんもできなかったよ。しばらく見てたら、そいつがこっちを向いた、気がした。気がしたっていうのは、よく覚えてないからなんだよな。見られた、と思った瞬間、体がぐらぐらしてよ。気付いたら、ロッカーでしゃがみ込んでたわ。

もう俺、あの部屋には近付けねえなと思ってさ、辞めたんだわ。

3

里佳子から話を聞いた日、事務所に帰っても青山君はいなかった。彼が来たのは、それから二日後のことだ。

私は二日の間に件《くだん》のイベントに参加していた、あるいはその日病院にいて何か変わった者を見た人々に接触し、殆《ほとん》どの場合すげなく断られてしまったけれど、それでも話をいくつか聞いてきたのだ。

青山君に録音を聞かせる。彼はふんふんと頷《うなず》きながら聞いていた。

「それで、明日以降も聞き込みを続けていこうと思うわけですが」

「先輩」

青山君は私の言葉を遮って、

「僕、本格的に実家の方が忙しくなってきてしまって……またしばらく、事務所に来られないと思うんですが」

青山君の顔をまじまじと見つめる。

相変わらず彼は、同世代の男性と比べると肌艶《はだつや》が良く、微塵《みじん》もストレスの影が見えない。それでも、ほんの少しだけ感じる発言の違和感は、多忙からくるものだったのかもしれない。

青山君が自ら「実家が忙しい」というのは初めてのことだった。

「そうですか。なんだかすみません。事務所に来ていただいてご迷惑でしたね」

「いいえ、そんなことは」

青山君はそう言ったきりしばらく黙り込んでから、立ち上がる。

「ちょっと待ってください」

なんとなく、すぐに帰ってほしくなくて、私は言葉を紡ぐ。

「どうしましたか？　もう一杯、カフェオレを淹《い》れようかと思っただけですが……」

「あ、いや……」

先日からのこの微妙な居心地の悪さは何なのだろう。私はもう少しうまく振舞えていたはずだ。今は、ただ話しかけるだけでも、妙に遠慮してしまう。

「それで、お話の続きは？」

青山君は優しく微笑んで言う。彼の実家《ポーリク青葉教会》が忙しくなったのも、彼に話を聞いてほしい人、あるいは彼の笑顔を見たいだけの人が殺到しているからではないか、と思ってしまう。

「すみません……また、いつもの推測になりますが」

「るみ先輩の推測はあまり外れないじゃないですか」

それは、普段私がほぼ確定的なことしか彼に話さないからだ。パートナーとしていいところを見せたいのだ。いや、少し違うかもしれない。子供のように、褒められたいだけなのかもしれない。そんな部分を見透かされたような気がして、私は必要以上に大きな声で話した。

「もしかして、今回はあなたの得意分野かも、と思いました。手に穴。これ、聖痕《せいこん》では？」

聖痕とは、本来はイエス・キリストが磔刑《たっけい》になったときに受けた傷跡のことを言うが、熱心な信者の体に現れた同じ個所《かしょ》の傷跡のことも指す言葉だ。

イエスの磔刑の際、釘《くぎ》を打ちつけられた左右の手足、処刑人ロンギヌスの槍《やり》によって刺された脇腹の五か所の傷跡を聖痕とするのが一般的だが、ヴィアドロローサを十字架を背負って歩いた際についた背中の傷跡、あるいはイエスが辱めのためにかぶせられた「ユダヤの王」の象徴である荊《いばら》の冠によってできた額の傷跡も聖痕とする場合もある。

古くは十三世紀頃から体に聖痕が現れたと主張する者はいて、一説によると暗示にかかりやすい人間であることが多いらしい。そもそも、自傷など、信憑性《しんぴょうせい》の低い報告も大量にあるとされる。

「違いますね」

青山君が言った。

「聖痕であることはあり得ないでしょう」

口調こそ柔らかいままだが、あまりにもきっぱりとした否定だった。

「な、なんでそんな――」

私が動揺していることなど気付いていないようだ。

青山君は白いシャツの袖《そで》のボタンを外し、丁寧に捲《まく》り上げた。

金色の産毛と、顔に似合わず血管が強く主張している腕が露《あらわ》になる。青山君は掌をこちらに向け、手首の部分を指さした。

「これは解剖学的な話なんですが、前腕を構成する骨は二本です。橈骨《とうこつ》と尺骨」

青山君は人差し指と中指を立てて、自分の腕を肘《ひじ》から手首にかけて上になぞっていく。目で追っていると、指は一本に合わさって、手首で止まった。

「もし手首より上の位置に釘を打つと、留める骨がないので皮膚を切り裂いて手は落下してしまいます。すると、磔刑にならないわけです。ですから、磔刑にするときは、掌より下、手根骨と前腕の二本の骨の間に釘を打っていたと言われます。引っかかりますからね」

私はしばし呆然《ぼうぜん》として青山君の灰色がかった瞳《ひとみ》を見つめた。

もしこれが別の人だったら、「そもそも聖痕というのが激しい自己暗示で現れるとしたら、本人にその知識がなければ掌に現れることもありうるのでは」とかなんとか言って反論したかもしれない。しかし、相手は青山君だ。

専門分野とはいえ、彼がこのようなことを嬉々《きき》として語るはずがない。そう。青山君の声は、話している間中、少し上ずっていたように感じた。

妙な胸騒ぎがした。冷静に考えたくても、心臓がどくどくと脈打って思考を邪魔する。

「先輩？」

そう呼ばれて、私は短く相槌《あいづち》を打った、気がする。彼になんと言っていいか分からなくなった。

「風邪を引いちゃったんですかね。なんだか、顔色が悪い気がします。季節の変わり目ですもんね。昨日は雨も降っていて、驚くほど寒かったですし。先輩はいつもアイスなのは分かっていますけど、やっぱりカフェオレはホットにしましょう」

先輩でも体調を崩すことなんてあるんですねとかなんとか、青山君は笑顔を崩さず言っている。

「今日は、ゆっくり休むことにします」

私はなんとか言葉を絞り出した。震えていて、情けない声だった。

「そうですね。冷蔵庫にスポーツドリンクと、あといくらかおかずの作り置きもあります。食べられそうなものがあったらどうぞ」

もし実家に戻るなら家まで送っていこうかと提案されたが、私は断った。くれぐれも無理はしないで下さいね、と聖母のような顔で言って、青山君は事務所を去って行く。

引き止める気にはならなかった。

嫌な予感が頭の中に浮かんでは消える。いや、消えない。離れることはない。

これは私の妄想だ。

私は育ちが悪いから、いつも人を嫌な風にばかり見てしまうから、すぐにネガティブな予想を立ててしまうだけだ。きっとそうだ。

青山君は世話好きで、弱々しく見えるが芯《しん》が強くて、ただただ優しくて、そういう男性だ。それだけだ。

少しの判断材料で結論を導くのは暴論とか、憶測とか、とにかくそう呼ぶのだ。

「大丈夫。大丈夫。大丈夫」

誰も応《こた》えない。ここには私一人しかいない。

私は何度も深呼吸をして、思考の渦から無理やり彼を排除する。

「とりあえず、もっと色々な人から話を聞かなくちゃ」

独り言を言うのは、不安だからだ。

「青山君がいないのに、私だけで人から話なんか聞けるかな」

無理だ。私の見た目は不審者でしかない。その上、口を開けば失礼なことしか言わない。そんな人間に話を聞かせてくれるのは、とにかく誰かに話したい人か、藁《わら》にも縋《すが》るほど追いつめられている人だけだ。実際、この二日で話を聞いた人たちも、そういう人たちばかりだった。

「勿論《もちろん》そういう人の話だって必要だけど、それだけじゃだめだよね。だって、興奮している人や追いつめられてる人は、思考が極端だから。何もないところから何かあるんじゃないかって読み取るし、そういう主観はノイズになる」

「それは俺も同意」

突然左腕を掴《つか》まれ、咄嗟《とっさ》に払いのける。大きな音がして、掴んだ者が椅子を巻き込んで倒れるのが見えた。

「と……片山さん」

西日に照らされて、高い鼻の影が頬に落ちている。

片山敏彦はいててて、と言いながら起き上がった。

「毎度思うけどそのゴルゴ13みたいなのやめてよ。佐々木さんはまず肉体言語で解決しようとするのをやめるべき」

「なんで……」

「なんでここにいるのかって、友達のところに来たらダメなの？」

敏彦は、彼の素晴らしい美貌《びぼう》がより一層強調されるであろう、そういう角度に絶妙に顔を傾けて言った。

「ダメではないですが……鍵《かぎ》……」

「ボロいビルの鍵は構造が単純。あのふくよかなオーナーさんに言って付け替えてもらったら？」

敏彦はどこから見ても完璧《かんぺき》に美しいが、倫理観が人とは大きく異なっている。多少の

——いや、もし普通の人間だったら犯罪行為になるようなことでも、彼を目の前にすると誰もが許してしまうからなのか。いや、違うかもしれない。彼は生まれつきこういう人間なのだ。外側がどうあれ。だから、私のような人間とも長く付き合うことができる。

「さっきさ、ここへ来る途中、青山君とすれ違ったよ。元気がない理由、それかな」

「そういうわけでは」

「いや、そうでしょ。さっきブツブツ言ってたの、ほとんど聞こえなかったけど、『私だけで人から話なんか聞けるかな』っていうのは聞こえた」

「付いてきたいならそう言えばいいでしょう」

　敏彦はにこにこと笑っている。青山君とは違う。優しさからくる笑顔ではなく、ただ、面白いことを見つけたというだけの顔。

　しかし私にはこういう人間の方が合っているのかもしれない。

「もし付いてきてくださるのでしたら、少ないですが時給もお支払いしますよ」

「いらないいらない。俺、お金は結構あるから」

　彼とは高校生の時からの付き合いだ。

　私が趣味で作ったオカルト事件をまとめたサイトの掲示板に書き込んできて、そこで何度かやり取りをし、現実世界《オフ》でも会うようになった。もう十五年以上付き合いが続いていることを考えると、感慨深さすらある。

　彼は良い大学に進学し、良い会社に就職したが、すぐに辞めて、今は投資をメインにし、さらに社会との繋《つな》がりを失わないために、片手間にアルバイトをして暮らしているらしい。会社を辞めたと聞いた時も驚きはなかった。彼の外見で集団に埋没するのは困難を極めるだろうし、そもそも性格的にも会社勤めには向いていないだろう。

「とりあえず、ざっとでいいから今やってる案件について教えてくれないかな」

「分かりました。ありがとうございます」

私が頭を下げると、敏彦はだからいいって、とまた言った。

私から事件のかいつまんだ内容を聞いて、敏彦は目を輝かせた。彼には子供への同情心など、そういうものが一切ない。単に、面白そうな事件だ、と思っているに違いない。

面白くない、と思うと一応やってくれはするが、全く身が入らない様子になるので、とりあえず彼の関心を引くものであったことは幸いだ。

「明日《あした》からも事件の情報を集めていく感じかな」

「ええ、そういうことになりますね。あなたがいれば百人力。その顔で、とにかく色々な情報が聞き出せることでしょう」

「頑張るよ」

敏彦は任せて、と言った後、ふと考え込むような仕草をする。

「どうなさいました？」

「いや……そういえば、佐々木さんもちょっと調子が狂った感じだったけど、青山君も変だったなって」

「どういう、ふうに」

敏彦は私よりずっと頭が良い。もしかして彼も、私と同じことを考えているかもしれない。もしそうだったら――

「いや、そんな大したことじゃないから。俺に気が付かなかった。それだけなんだけど、今日はマスクとかしてないから、なんかね」

もし普通の顔立ちが整っている人間がこんなことを言ったら勘違いで思い上がっていると誰もが思うだろう。しかし、敏彦の場合は違う。彼の言う通りだ。正常な脳の機能を有している者にとって、彼の存在を無視して通り過ぎるのは難しい。

彼の顔はあまりにも美しい上に、それを見せびらかすかのようにゆっくりと歩く癖がある。彼に気が付かないのはよほど急いでいるとか、視力矯正がうまくいっていないとか、あるいは重大な考え事があるとか、そのどれかしか考えられない。

「心配だね」

敏彦がぽつりと言った。

「彼はすごくいい人だから、いつもハッピーでいてほしいよ」

敏彦は他人の不調を気に掛けるような男ではない。そんな男にこう言わせるほどの善性が青山君にはある。

私は大きく頷いて、「彼はご実家が忙しいようですよ」と言った。

4

たまに彼の夢を見る。

尊いものが現れてからは、特にだ。少女の夢と――いや、少女の方は夢ではないだろうが、ともかく、夜はそうだ。少女が出てくると、必ず彼も出てくる。

彼は精神も肉体も損耗していて、襤褸《ぼろ》切《き》れのような姿で現れる。

自分が世界のすべてを背負っているかのような顔をして、腹が立って仕方がない。自己犠牲をアピールすること自体が、下品極まりない。

真の滅私奉公などない。人助けなど、自己満足だ。それに、誰かを幸せにできたとして、その陰で誰かが不幸になっているだけなのだ。

少女を救えなかったとき、彼はなにをしていたのか。

残酷に踏みにじられ、何も言わず枯れていった花だった。彼は何をしていたのか。

彼が本当に正義の人なのであったら、彼が真の意味で人を助けようと思っていたのならば、彼女は死ななかった。

それなのにまだ、視界に入ってくる彼のことが許せない。

消えてほしい。

消えろ。

怒鳴って腕を振り回しても、また出てくることは知っている。

本当の願いを叶《かな》えるまで――ひょっとしたら叶えてからも現れるかもしれない。

「見るな」

彼は何でも見ているのだから。

あのような人間が――そう、ただの人間だ。

たまたま人と違う力を持って産まれ、祭り上げられ、結局自分のことしか考えられない、唯《ただ》の人間が、尊いものとして扱われていること自体が許せない。

ほほほ、という高い声が聞こえた。尊いものが笑っている。

「申し訳ございません」

ほほほ、とまた聞こえた。

手袋を外し、穴から覗《のぞ》く。尊いものは口に優美に手を添えて、ほほほ、ほほほ、と笑っていた。

「申し訳ございません。それでも、順調に進めています」

笑い声がぴたりと止んだ。

尊いものの顔がくしゃりと歪《ゆが》んだ。

「なるほど」

瞬時に理解した。

邪魔をしようとしている者がいる。あれほど、邪魔をするなと言ったのに。

「私は、必ずやりとげます」

そう言って、十字を切りそうになって、頭に持っていきかけた手を、思い切り壁に打ち付けた。涙が出てくる。痛みからではない。こんな行動をまだとってしまう、自分への失望からだ。

「愛《いと》しいすべての命のために、吾身《わがみ》御身に捧《ささ》げます」

これも嘘だ。尊いもののことすら、騙《だま》している。

愛しいすべての命というのは、嘘だ。

子供たちのためという気持ちがなくはない。

しかし真に救いたいのは彼女だ。

あの子。

世界のすべてに踏みにじられ、消えていったあの子だ。

本当のところ彼女のことなど知らないのかもしれない。記憶に残る彼女は真面目で優しい、大人びた考えの少女で、妄想の、夢に出てくる彼女は腐敗した体で恨み言を呟《つぶや》く。

あの子に笑っていて欲しかった。

あの子に、世の中を恨んで、全員死ねばいいと思えるような醜い心が一かけらでもあれば、それもよかった。

しかし現実は、あの子の現実は、何も分からない。分かるのはあの子は死んだ、という事実のみだ。

何も見えなかった。

掌《てのひら》がびりびりと痛む。

どうでもいい。こんなものは無意味な後悔だ。

やるべきことをやるだけだ。

穴の向こうのそれに祈り続ける。そうすれば間違いはない。

5

待ち合わせは〈アントルメ世田谷〉の最寄り駅、月業《がつごう》にした。

この日は泉さんも同行する予定だったが、朝六時に電話があって、また唯香が失踪《しっそう》してしまったのだという。結局待ち合わせの十時半の少し前には連絡が入って、見つかったということだが、聞き込みは泉さんがいなくてもできることだから、「今日は大丈夫ですよ」と言った。泉さんは桃子のことを心底愛しているのだろう。私だったらいくら知った仲とはいえ、その子供に面倒をかけられるのなんて迷惑極まりないと思うし、御免蒙《こうむ》る。幼い頃の恋をあの年まで継続させるとは恐ろしい。いや、泉さんは、相手がどんな人間でも、同じようにするかもしれないけれど。

そんなことを考えていると、後ろから肩を叩《たた》かれる。

瞳《ひとみ》が光を受けてきらきらと輝いている。

「今日はマスクをしているんですね」

　黒いマスクが大きく見えるのは、敏彦の顔が小さすぎるからだ。

「まあ色々考えた結果――佐々木さんは俺がいれば色々な話が聞けるって言ったけど、俺がいると話せなくなっちゃう人も結構いるから。だから、一部隠してみた」

　マスクのラインは形のいい鼻をちょうどなぞっているし、敏彦は目だけでも十分に常人離れしているのが分かる。その証拠に、先程からちらちらと視線を感じる。しかし彼なりに気を遣ってくれているのだから、と、あまり意味がないと思いますよ、という言葉を呑《の》み込んだ。

　一か所に留《とど》まっているとますます注目を集めてしまう恐れもある。敏彦が素晴らしく美しい上に、私は素晴らしく醜いのだから。

　私は速足で商店街を進む。

「待って、速いよ」

「長い付き合いなんですから、いい加減慣れてください」

　敏彦も私に合わせて速足になっている。

「それにしてもさ、なんだか賑《にぎ》やかだね。この辺はあんまり来たことがなかったけど、こういう小さい駅の商店街ってもっと寂れてるもんかと」

「確かにそうですね……でも、先日来たときは、こんな感じではなかったですよ」

　ふと視線を上に向けると、街灯に小さな旗がかかっているのが見える。

「月……祭り？」

「へえ、パンフレットもあるんだ」

敏彦は不動産屋の前の「ご自由にお取りください」と書かれた箱から、冊子を一部抜き出した。表紙は幸せそうな家族が笑顔でお月見をしているイラストだ。月の中に、『月業商店街月祭り』という赤い文字がある。

「佐々木さんはお祭りとかそういうの、詳しいんじゃないの」

「あまりにもローカルなものは分かりませんよ。どうせ地名とかけただけのネーミングでしょう」

「確かに。でも、それなら、地名の由来は？」

「さあ……必要なら、調べます。でも、この時期は昔から中秋の名月なんて言葉もあるくらい、普遍的に月見の文化がありますし、別に由来を気にするほどのことでは」

「いやいや、これは伝統的なものだよ」

突然私と敏彦の間に割り込んでくる者があった。小柄で頭頂部の薄い中年男性だ。

「へえ、そうなんですか？」

敏彦がわざとらしく声を弾ませると、男性の顔が一瞬にしてだらしない笑顔になる。

男性はにやにやと笑いながら、敏彦の背中に手を回して言った。

「昔この辺りに信心の厚いお侍さんが住んでいた。ある日、どうしても観音様を見たい、と願ったら、月から観音様が降りてきた。お侍さんは家族にも見せたいと思ったが、家族を連れてきた頃にはもう観音様はいなくなっていた、ということだ」

「すごい、お詳しいんですね」

敏彦がまた、例の角度で顔を傾けて言うと、男性はますますでれでれする。お前はキャバ嬢か、と心の中で思うが、これでこそ彼を連れてきた甲斐《かい》があるというものだ。

「いや、褒めてもらってありがたいけど、全部パンフレットに書いてあることなんだ」

「そうなんですか。後でちゃんと読みますね」

「でも、そういう昔話があったとしても伝統とは言えないのでは」

私はスマートフォンの検索画面を見て言った。「月祭り」が開催されているのは、なんと今年からだ。ホームページのデザインが非常に凝っている。

男性は私の顔を見るとあからさまに態度を変えて、

「ああ、このお祭り自体は若い人が、商店街を盛り上げようとして始めたみたいだわ」

と短く言い捨てた。

すかさず敏彦が、「若い人？」と鸚鵡《おうむ》返しをする。

するとまた男性は笑顔になって、

「そうそう。それまでは商店街を抜けたところにある、月業寺で細々とやってたらしい。月祭り。本来の名前はここのかナンタラっていうらしいけど、ごめんな、覚えてないわ。まあ、月見みたいなもんだったらしいけどな。もし、もっと興味があるなら」

敏彦は指でマスクをずらし、輝くばかりの美貌《びぼう》を惜しげもなく利用した。

「色々教えてくださってありがとうございます！」

男性が熱に浮かされたようにぼうっとしている間に、私の手を引いて、素早く人ごみを抜けた。

「速く動けるではないですか」

「聞きたいことは聞けたし、どうでもいい話が長くなる予感しかしないから」

敏彦はそう言いながら、一ミリも動いていない口角にマスクを被《かぶ》せる。

「ありがとうございます。私だけだったら確実に話しかけて来ないと思うので。片山さんのおかげで良い情報が手に入りました。何人かアポを取った相手に話を聞いた後、月業寺にも行ってみましょう。なんだか、引っかかりますから」

「『月』だよね」

私は頷《うなず》いた。

「なんでも繋《つな》げて答えを出してしまってはいけませんが、病院で粘土細工をするはずだったお嬢さんの話に出てくる月のミニチュア……あと、男の子が歌っていた『てるつき』という言葉が気になります。月祭りとやらが単なるお月見とかだったらよかったのですが……」

「言ってることは分かるよ。事件があって、急に開催された祭りがあって、どうも歴史があるもので――とか、やっぱり、何かありそうだよね。面白い。聞く話に『月』がないか俺も神経とがらせとく」

住所を確認しながら総菜屋の横の通路を抜け、しばらく歩いていく。一本裏に入ってしまえば静かなものだ。

「ここかな？」

「そうですね」

一階部分に看板がかかっているが、恐らく潰《つぶ》れてしまったのだろう。ぎりぎり「うどん」という文字だけが見える。

二階はカーテンが閉まっているものの、植木鉢がいくつか並んでいて、なんとなく生活感があった。

「あの……」

目でどこから入ればいいのか探っていると、
声をかけられて振り向く。やつれた印象の女性がふらふらと立っていた。幽霊かと思った、という失礼な言葉を呑み込んで、

「増田《ますだ》久子《ひさこ》さんですか」

女性はこくりと頷いた。頷いただけでも頭が捥《も》げてしまいそうな印象を受ける。視線も泳いでいて、体はふらふらと揺れていた。

敏彦がさっと手を伸ばし、久子の肩を支えた。

「大丈夫ですか？　お辛《つら》そうだ」

久子は全く動じなかった。かと言って、敏彦の手を振り払う様子はない。絶世の美青年に肩を抱かれている状況を喜んでいるとはとても思えず、ただ、振り払う気力さえないだけに見える。

「大丈夫では……」

何と言っているかも聞き取れない。

私が名刺を差し出すと、久子はしばらくじっと見た後、かなり間が空いて、思い出したかのように受け取った。

「……では……」

よろよろとした足取りで、久子は潰れたうどん屋の中に入っていく。私たちも慌てて続いた。

中は外観と違って、意外にも整頓《せいとん》されている。埃《ほこり》っぽくもないし、日常的に人が出入りしているのだろう。恐らく客席として使っていた机や椅子はそのままで、大きめの段ボールや、掃除機などが置いてあった。

「物置……」

久子が譫言《うわごと》のように言う。

「ごめんなさい、じろじろ見てしまって」

「いえ……取り壊すのにも、お金が……いるから」

彼女は話が通じないわけではない。思考力がきちんとあるし、受け答えも正常だ。

使われていないキッチンの奥に進むと、階段が見えた。

「この上……」

久子はそう言って二階を指さしたまま止まってしまった。しばらく待ってみても動く様子はない。

「この上に、いるのですか？」

久子の頭ががくんと落ちた。虚《うつ》ろな目のまま、久子はがくがくと頭を揺らし続ける。頷いているのだろう。

「ええと、私たちは……」

「私、もう、見たく……行くので」

久子は突然腕を下ろし、信じられないような速さで走り去っていく。姿が見えなくなってすぐ、ドアが閉まる音がした。止める間もなかった。

「……どうしようか」

ややあって敏彦が言った。

「あの方の前であれこれ話すのは失礼かと思ったのですが、出て行ってしまいましたね。事態は思ったより深刻そう、桃子さんの場合よりひどそうですが、いなくなってくれたのは好都合です。どうやってお母さん抜きで話を聞いていくかここで相談しましょう。小声でね」

私が階段に腰掛けると、敏彦がじっと私を見てくる。

「なんですか？　いくら私でもそんなに見つめられたら勘違いしてしまいますよ？」

「いや、別に勘違いしてくれてもいいんだけど」

敏彦は私の隣に腰掛けた。同じ場所に腰掛けたのに、すらりと長い足が私の足のはるか先まで折りたたまれている。

「佐々木さん、本当に変わったなあと思って」

「どこが」

「いや、前だったら、あの女の人がいようといまいと、自分の推測とか、べらべら捲《まく》し立ててたでしょ」

「不快にさせてすみませんでしたね」

「ううん、俺、佐々木さんのそういうとこ好きだったからいいんだ。それに、そういうとこ俺にもあるし」

敏彦はマスクをずらして、何回か呼吸を繰り返す。お手本のような形の唇が上下する。

私と敏彦が同じ種族であるということが不思議で仕方ない。

「やっぱり青山ママは偉大だな」

「はぁ⁉」

思わず大声を出す。止められなかった。

「マ……ママってなんですか」

「だってなんか、そういう感じだから……そんな変なこと言った？」

ほほほ、と高い声がした。

ぎょっとして背後を見上げる。

階段の上には襖《ふすま》があって、緑色の粘着テープで隙間なく張り付けられている。確かに、そこから声が聞こえたのだ。

「いま……」

ほほほ、とまた声がする。これは、女の声だ。

「上にいるのって、男の子だよね?」

私は頷いた。

増田礼音《れおん》。十一歳。健康体だが、ある日突然学校に行けなくなってしまう。クラスにいじめ等はなく、両親は二人とも会社勤めで忙しいが、家庭環境も悪くない。尤《もっと》も家庭環境に関しては母親本人が言っていることなので定かではないが、母親が礼音を心配し、忙しい中で小児精神科に通わせていたのは事実だ。礼音は病院のスタッフや子供たちとは楽しそうに話し、通うのも嫌がらなかったという。

礼音もまた、例のイベントに参加した子供の一人だ。唯香たちと大きく違うのは、礼音はおかしくなっていないという。妙な歌も歌わないし、邪魔をするなとも言わない。きちんと受け答えができるのだ。ただ、極端に人と接するのを恐れ、病院どころか部屋から出ることさえしなくなったそうだ。そして、久子も「部屋から出られないのは分かる」と言った。理由を尋ねても答えてくれなかった。見れば分かる、と。そうして礼音は、使っていない部屋に引きこもっている、という話だった。

私と敏彦が上を見上げながら固まっている間にも、ほほほ、ほほほ、と声が聞こえる。笑っている。しかし、楽しくて笑っているのとは違うだろう。

恐ろしかった。何より恐ろしいのが、何も感じないことだった。何もない。恐ろしい女も、異形の怪物も、何も見えない。霊場にいるときのような嫌な感じすらもない。

「礼音君」

敏彦がそう言うと、ラジオのように流れ続けていた笑い声が止まった。

「礼音君……大じょ」

「来ないで下さい！」

ふり絞るような声が襖の奥から聞こえる。

階段を一段上ると、木が軋《きし》む音がした。礼音はそれに気付いて、怒鳴りつける。

「ダメです、来ないで！」

私は努めて平静を装って、

「大丈夫です、私は、礼音君を」

「いいです！　僕は大丈夫です！　帰ってください！」

敏彦が礼音の声を無視して階段を駆け上がり、べりべりとテープを剝《は》がす。

声にならない悲鳴が聞こえた。

「ダメって……」

「君のことを心配してるわけじゃない。俺が知りたいんだ」

大きな音を立てて敏彦は襖を開け放った。そして、咳《せ》き込む。

埃が舞って、きらきらと輝いている。

もう一度名前を呼ぼうとしたが、何も言えなくなる。敏彦も同じようだった。

下着だけ身に着けた少年が、積み重なった布の上に尻《しり》もちをついていた。髪は肩にかかるほど長く、少し臭うが、体にはきちんと年相応の脂肪がついている。

しかし、そんなものより異様なことがある。不健康なほど白い肌にびっしりと、赤い文字が書き入れられていた。さらに目を引くのは目を覆って貼り付けられた札だ。

「降魔札《ごうまふだ》、ですね……」

一見すると恐ろしい魔物のようなものが描かれた札だが、それは平安《へいあん》時代に鬼の姿となって疫病神を退治した元三大師《がんざんだいし》の姿であり、江戸《えど》時代では最もポピュラーな魔除《まよ》けの札だったという。

魔除けの札なわけだから、本来は玄関の外、あるいは入ってすぐの扉の内側に貼るのが普通だ。

礼音の目の部分に貼り付けられた札は、接着剤を使ったのかもしれない。端の部分に細かな皺《しわ》が寄っていて、それでも剝がれないようにするためか、透明なテープで頑強に固定してあった。

「礼音君、それ、お母さんが、やったの」

礼音は頷《うなず》いた。唇を噛《か》みしめ、震えている。

「お外に出てごめんなさい。隠してもらっているけど、僕を見ちゃったから、もうだめかもしれないです」

「佐々木さん、何か感じる？」

敏彦は礼音の様子など気にも留めず、暗く、埃《ほこり》っぽい和室を眺めて言った。

「いえ……それが、何も」

「感じないってさ。礼音君、この人、霊能者なんだ。霊能者って分かる？」

「分かり……ます。今まで、何人か。でも、誰も、何もできなかった」

「この人は他の人とは違うよ」

ちょっと片山さん、と言っても、敏彦は話し続けた。

「他の霊能者は、『女に取りつかれてる』とか『家の穢《けが》れが』とか言ったんじゃない？」

礼音が息を呑《の》む。

「どうして、分かるの？」

「インチキ野郎は大体そういうこと言うから」

敏彦は礼音の手を握った。

「この人は何も感じないって言った。ないものはない、ってきちんと言う人。解決するまで時間はかかるかもしれないけど、信じてほしい」

うう、と礼音の喉《のど》から声が漏れる。敏彦が礼音の頭を撫《な》でると、礼音は身を捩《よじ》って手から逃れた。

「泣いちゃいけないんです。泣いたら、お札がダメになるから」

「その下、どうなってるの」

礼音は口を開いては閉じ、それを何回か繰り返した後、意を決したように顔を上げた。

「僕の話、聞いてください」

礼音からは見えないだろうが、私も敏彦も、大きく頷いた。

＊

僕、布団をかぶって話しますけど、気にしないでください。怖いだけです。

学校に行けなくなったのは知ってますか？　病院に行ってたのも？

そうです。

お母さんもお父さんも優しいです。友達もみんないいやつです。でも、ある日、校門に入れなくなっちゃって。頑張って靴箱まで進んだら、吐いちゃいました。前の日、お腹が痛くて、早く寝たから、風邪かもしれないね、って言われて、家で寝てました。でも、次の日も、また次の日も、どうしても校門に入れなかったんです。

二人とも優しいから、学校に行かなくても勉強できる方法とか、頑張って探してくれて。でも、そういうこと考えると、またお腹が痛くなって、学校に行けなくなるんです。

それで、お父さんが病院を探してきてくれて。

不思議なんですけど、病院には行けました。先生も、みんなも優しくて。

イベントは、僕より小さい子が対象だろうなっていうのが多かったんですけど、病院行く日にやってたら絶対参加するようにしてます。僕、ちょっと、寂しいのかもしれません。

あの日のことです。

紙粘土でミニチュアを作るお姉さんが来るって聞いてました。女みたいって言われるかもしれないから隠してたけど、僕もそういうの好きで。だから、楽しみにしてました。

でも、その日、部屋に入ってきたのは、黒い服を着た男の人でした。

「お兄さん、なにじん？」

って小さい子が聞いたら、

「日本人だよ」

って笑顔で答えてた。ハーフとか、帰化人？っていうんでしたっけ、そういう人なのかなと思いました。髪の毛が金髪に近い色で、目の色も薄いから、アメリカとか、ヨーロッパの人かなって。

でも、すごく日本語は上手《うま》かった、っていうか、普通に、僕たちと同じような感じでした。

唯香ちゃんっていうフランス人とのハーフの女の子がいるんですけど、唯香ちゃんも顔はそういう感じで、日本語話すんですけど――その男の人は、唯香ちゃんを見て、にっこりと微笑んでいました。

「紙粘土は？」

子供たちのうち、誰かが言いました。確かに、その人は手ぶらでした。

「今日はお休みだよ。お姉さん、具合が悪いんだって」

みんな、口々に「可哀想」「早く良くなるといいね」と言いました。こういう、いい子たちなんです。

「だから今日は、僕がお話をしに来たよ」

「何のお話？」

「まずこれを観ようか」

そう言って、その男の人はスクリーンを引っ張り出して、パソコンで再生した映画を見せてくれました。アメコミヒーローですよ。キャプテン・アメリカとか、アイアンマンとかの、活躍シーンの切り抜き動画みたいな。絶妙にかっこいいところを取ってきてたので、多分、全然知らない子でも楽しめたと思います。

実際、けっこう盛り上がって、でも五分か十分くらいで男の人は動画を止めました。

「この人たちのこと、どう思う？」

そう聞かれて、かっこいいとか、もっと見たいとか、そんな言葉がぽつぽつ聞こえました。

「どうしてかっこいいと思う？」

強いから、とか、スーツがかっこいいから、とか、そんな言葉を聞いてその人は、

「違うよ。誰にも頼らないからだよ」

そう言いました。

「この人たちはヒーローだから、誰にも頼らない。弱音も吐かないし、いつも頑張っていて、かっこいい。君たちと同じだ」

男の人は目をきらきらと輝かせて、僕たちを見ました。

いかにも漫画っぽい、わざとらしい感じの言葉なんですけど、やっぱりなんだか、そう言われると、じーんときちゃって。僕だけじゃなくて、みんなも感動？　そういう感じでした。

「ここにいるみんなは、苦しいことがあるんじゃないのかな」

心が少し痛くなりました。見ると、みんな同じような顔をしていました。

「ないよ」「僕もない」「私も」

そう答える子たちを見て、男の人は、悲しそうな顔をします。

「君たちはそうやって、本当の気持ちを隠してしまうね。本当は、辛《つら》いことがあるのに。どうしてかな。お父さんやお母さんを困らせたくないから？　周りの人が優しいから？」

静まり返りました。多分、本当に小さい子でも、言葉の意味を理解して、共感してしまったからだと思います。

「言っていいんだよ。頑張っているのは君たちだよ。苦しんでいるのも、君たちだ」

やっぱり、その人の言うことは、なんとなくわざとらしいけど、嬉《うれ》しかったです。

「極楽の話をしよう」

突然、何を言われたのか分かりませんでした。子供たちの中にはまず『ごくらく』って言葉自体分からない子もいました。

「極楽って何？」

男の人は子供たちに自分の周りに集まるように言って、大きく手を広げました。両手に革の黒い手袋をしていました。

「天国って言ったら分かるかな。素晴らしい所だよ。ヒーローの君たちが、本来いるべき場所だ」

はい、今考えれば、意味不明だし、不気味なんですけど、そのときはそうなんだ、って思って。やっぱり感動しちゃうんです。すごく笑顔が優しいんですよ。話を聞きたくなるというか。誰が見てもいい人だと思うんじゃないかな。

男の人は手袋を取りました。

掌《てのひら》に、大きな穴が開いていました。

「怖がらないで」

優しい声でそう言って、穴が開いた手を僕たちの前に広げました。

「それ、なんですか」

「これはね、鍵穴《かぎあな》だよ」

穴から僕たちのことを見ていました。

「極楽が見えるんだ」

そしたら、本当に急に、ぱあああって明るくなって。もう本当に良く分からないんですけど、幸せな気持ちになったんです。

どんどん体の中から幸せが溢《あふ》れてきて、もうどうでもいい、と思った瞬間に、僕、ころんでしまいました。多分、後ろの子に押されたんだと思います。

すごく腹が立ちました。ゲームを途中で邪魔されたみたいな気分で、だから、振り返ったんですけど。

うじゃうじゃいました。

茶色い人です。表面がつるつるしていて、人形みたいでした。

腕がたくさん生えてるんです。何本も。

それで、目のあたりがぶよぶよしてて、そういうのが、みんなにくっついてるんです。

叫びました。耐えられませんでした。こんなもの見たくないって、目を塞《ふさ》ごうとしたんですけど、その、茶色いやつらが、うじゃうじゃって、それで、左は平気だったんですけど、右に入られてしまいました。

入られてからはすぐです。ずっと頭の中が幸せで、食べられているような気分でした。

目が覚めました。

部屋にはもう、あの男の人はいなくて、みんなもぼうっとしていて、一言も話しませんでした。みんなのお母さんたちが迎えに来て、みんな、そのまま帰って行ったんですけど、僕はずっと、右だけ幸せでした。

あの男の人は何も言ってなかったんですけど、「おさらさま」って言葉が頭から離れなくて。というか、おさらさまがどういう姿なのか分かるので。今も。でも、僕の左が、死ぬほど嫌だって思うんです。

お母さんがおかしくなったのは僕のせいです。

次の日、いつもみたいに七時に起きて、お母さんにおはよう、って言ったら、倒れてしまいました。僕は理解してます。おさらさまが来たんだと分かっています。

だから右を見たら駄目なんです。

他の子がどうなったのか気になります。だって、他の子は、両側だと思います。僕は右だけですけど、それでも。

一緒に居たら駄目だって分かってるのに、お母さんは僕の世話を沢山してくれて、だからおかしくなりました。分かるんです。僕の右を見ると、おさらさまが入っちゃうんです。それは、僕にはどうしようもないことです。

お父さんもすぐに気付きました。

でも、お父さんはそういうものを信じないタイプだったので。

じいちゃんが――去年、死んじゃったんですけど、じいちゃんがお父さんに何か手を打った方がいいって言ったみたいです。それから、お守りとか、霊能者とか。でも、全部効きませんでした。

例えば、霊能者って言って来た、一人の女の人なんて、すごかったです。ぬいぐるみを持ってきて、そこに閉じ込めるんだって言って。一週間ぬいぐるみと一緒に寝てって言われたんです。くまのぬいぐるみでしたけど。

それで、一週間後、昼頃その女の人が家に来て、ぬいぐるみを回収して行ったんですけど、にこにこしてありがとうって言われたんですけど。

その夜、その女の人がまた来て、今度はすごく怒った――ううん、焦った？顔で、ぬいぐるみどうしたの？って聞いてくるんです。お母さんが、「昼頃取りに来たじゃないですか」って言ったらひっくり返って、泣き出してしまいました。それで、ごめんなさいって言って、その人とはもう連絡がつきません。なんだったのかなあ。

一人だけ、おさらさまが見えてるかも？っておじさんがいて、その人が、「目からなんや出とるわ」って言って。でも、謝ってました。「なんもできん」って。色々考えてくれて、とりあえず日を見ないようにしようと言って。お札をくれました。

それで、目に貼りました。

でも、入ってしまったものが抜けることはないので、お母さんも僕も、このままです。

＊

「『おさらさま』がどんな見た目なのか分かるって言ったよね」

礼音が話し終えると、間髪を容《い》れずに敏彦が聞いた。

「つるつるしてて、茶色で、沢山いるけど一つです。あと、目がすごく大きい。ぶよぶよしてるんです。どこから見ても、目が合うと思う」

「分からないなあ……」

敏彦はメモに特徴を踏まえた絵をさらさらと描いている。そのバケモノが、桃子と一緒に見た裕の絵と似ていて、私は目を逸《そ》らした。

「礼音君、教えてくれてありがとね」

礼音はふるふると首を横に振った。

「ごめんなさい、言っちゃって」

「俺が知りたいだけって言ったじゃん」

「違うんです。おさらさまはもうあなたたちを見ているってことです」

ほほほ、と声が聞こえた。

「僕が見なければああああ大丈夫だとおおおお思ったんですけどおおおおおおおお」

礼音は笑っている。降魔札が滲《にじ》んでいる。

「だめだ、だめだ、開いちゃう」

ほほほ、ほほほ。

「ごめえええんあさああ」

敏彦が襖《ふすま》を閉じた。ばんばんと内側から叩《たた》いているのが聞こえる。

無言で階段を駆け下り、物置のような店内を抜けた。

ずっとほほほ、と聞こえていた。

商店街の喧騒《けんそう》に救われる。

「どう、何か、見えた？」

「いいえ、やっぱり、何も」

「俺は一瞬、見えたかも」

ぎょっとして敏彦を見る。

「どういうことですか？」

「ああ、オバケが見えたわけじゃない。吐息？　っていうとなんかあれだな、口の動き。ほほほ、って言ってたの、礼音君だよ」

敏彦は溜息《ためいき》を吐いた。

「口がちょっとだけ動いてた。男の子と言ってもまだ小さい子だし、ああいう女の人みたいな声を出すこともできるんじゃないかな。説明がつかない不気味なことが起こっているのは確かだし、あの様子も普通じゃないけどさ、いろんな視点で考えるのも大事かもよ」

「それは、もっと現実的なアプローチということですか？」

敏彦は頷《うなず》いた。

「医師じゃないから分からないけど、集団ヒステリーかもしれない。病院に金髪の男が来てなんだか謎の話をして帰って行ったのは確かっぽいけど……」

「とにもかくにも、月業寺に向かいたいと思いますが、どうですか？」

「いいよ。言っとくけど、俺は興味本位でついてきただけだから、本当に気にする必要ないんだ。俺のことはいないものとして扱って。さっきの集団ヒステリーだって気にしなくていい。したいようにして」

「そう言われても、あなたの存在を無視するのは不可能と言いますか」

ははは、と笑って、敏彦は両手の指で自分の顔を指さした。

「俺、自分の顔大好き。使える。佐々木さんも、じゃんじゃん利用して」

月業寺は、一見すると見逃してしまうような規模の、ごく小さい寺だった。門をくぐってすぐ講堂が見える。

横に人が住んでいるであろう瓦《かわら》屋根の建物がくっついていて、『御用のある方はこちらに』という手書きの張り紙が目に入った。

インターフォンを鳴らすと、五秒も経たずに人が出てくる。

僧衣を身にまとった、六十代くらいの男性だった。剃髪《ていはつ》してあって、黒目が見えないほど瞼《まぶた》が下がっている。

　どうされましたか、と聞かれて、私は「月祭り」に興味を持ったことを伝えた。私がかつていた大学の名前を出し、そこの民俗学研究室の者だと名乗った。

　男性はこの寺の住職だといった。

「月祭りは盛り上がっているようですが、やはり写真に映える食べ物や、催し物なんかがメインでね。由来にまで興味を持ってくださる方は珍しいですよ」

　住職は笑顔のまま、こちらへどうぞ、と講堂を指さした。

　どうも違和感があるのは、住職が敏彦を見て全く動揺していないことだ。例えば青山君のような良い人でも、敏彦のことをぼうっとした表情で見ていることがある。彼は私をないがしろにしないだけだ。老若男女、度を越した彼の美貌《びぼう》には逆らえない。

　それなのに住職は私と敏彦に対して全く同じような態度を取っている。よほど目が悪いとしか思えない。

「どうぞ、こちらへ」

　住職は紫色の座布団を二枚敷いて、かけるよう促した。

「月祭りそのものというより、月業についての郷土資料になってしまいますが、まとめてありますよ」

　住職はラミネート加工が施してある紙を数枚こちらによこした。

　お礼を言って受け取る。比較的分かりやすい書き文字で助かった。あまりにも達筆だと読めないし、また別の人に頼らなくてはいけなくなるからだ。

幸光禅師《ゆきみつぜんじ》、観音の示現を拝すこと

永正《えいしょう》年間のこと、月業一帯は、凶作飢餓あいつぎ悪疫流行し、為に人心麻のごとく乱れ、世相混乱の極みに達せり、時に出《で》白山《うすやま》月業寺幸光禅師座視するに忍びず、三十七、廿一日間の断食祈願の禅定に入る。即《すなわ》ち、観音の霊験ありて、月業寺境内に奉祀《ほうし》し大いに教化につとめた。あたえて幸光禅師を生仏という。さらに吾《われ》末永く民を火難水難より守護せんと誓願を立てて、皿を集め、それを浄《きよ》めて法華経《ほけきょう》を写経し土中に並べしき、この上に端座定に入り人柱に入り給うという。

この三年の後月業豊作となる。村里の者が誤り、灰を掘り返した。見れば幸光禅師、顔色穏やかにて、『観音示現せり』と言へり。以後御皿《おさら》観音、身代《みがわり》観音と呼ばれん。

左衛門《さえもん》篤信《あつのぶ》及九日會《ここのかえ》式《しき》

慶長元和《けいちやうげんわ》の頃、左衛門と云ふ修行者あり、幼き時は母と共に國《くに》を出《い》で諸國を漂浪しけるが月業に住す。天性悧發《りはつ》にして儒学を好み遂《つひ》には六經《りくけい》に通じければ塾を開いて門弟子に教授す、後年佛学《ぶつがく》に志し、其《その》頃十一面観音眞言《しんごん》を授けらる。

日々数萬《まん》遍も此《この》眞言を唱へて信念愈々《いよいよ》堅固となり、遂には郷を出で、三十三箇所の霊跡を巡禮《じゆんれい》するに至る。

御皿観音は巡禮の根本にして殊に例年十月九日は三十三箇所の観音是所《ここ》に集會《しふくわい》すと言ひ傳《つた》へらる。こは彼《か》の花山《くわざん》法皇巡禮興復當時《たうじ》十月八日より七日間大供養を行ひ殊に十日後夜には幸光僧正に観音示現ありとの説を承継するものにて、元和二年九月三十日のことなりしが左衛門も詣《まう》でて一心に誓《うけ》ふらく

年頃頼《たの》みつる観音功力にして信ならば此左衛門にも示現あらせ給へ。

と眞言を誦《しよう》して念じけるに、夜半も何時しか過ぎては神疲れ氣弛《きゆる》みて頻《しき》りに眠を催し来れり、既にして四邊《あたり》風静まり大氣爽《さはや》かなる折しも、中天明朗として光彩赫耀《かくえう》し、紫雲靉靆《たなび》くと見る間に何《いづ》れより微妙の音、雅楽を奏づるに似たり、仰ぎ見れば三十三箇所の霊観音前に在り、無量百千の菩薩《ぼさつ》前後左右を擁して其壮美譬《たと》ふるに状なし、軈《やが》て御皿観音自ら金鑰《きんやく》を執りて極楽浄土大殿の門扉を開き賜へば諸尊辞譲して其内に入り給ふ。左衛門も亦《また》其後に付するを得たり、光明赫奕《かくえき》の日月に百倍するが如し、左衛門随喜して問ふて曰《いは》く

極楽界は西方十億土を隔《へだ》てたりと云ふに今示さるゝは安養浄刹《じやうせつ》なり如何《いか》ぞやと。

観音曰《のたまは》く、是ぞ汝《なんぢ》が清浄信心中の浄土にして方便化作の土なり、是心作佛即事眞なれば一切称名のもの摂取せらる、十萬億土豈《あに》遠からんや。

左衛門歓喜して己が妻子にも拝せしめんと急ぎ門扉を出れば閉ぢて亦《また》入るを得ず

涙雨の如くにして夢覚めたるが如し、此事冥應集の記する所にして以後左衛門は佛説の虚《いつはり》ならざるを信じ、即ち遂に寺僧に請ひて月業、出白山の麓《ふもと》に草庵《さうあん》を結び妻子と共に日夜観音眞言を誦して絶たず。

其後三年を経て又十月九日の旦《あし》たに妻子も同じく観音の示現を拝したれば、最早只《ただ》浄土往生の祈願あるのみとて是より草庵の戸を閉ぢて人と面せず、貯《たくは》ふる所の金数十両を村里に配分して施與《ほどこ》し、唯《ただ》我等の為めに一日一食の分を給せよと約す、里人驚きて之《これ》を辞するも聴かず、即ち左衛門の命のままに食を送るに、庵扉堅く閉ぢて前に棚を構へたれば食を送るもの日々是に置きて帰る。

労《いたは》しきかな二年の後棚上に一書あり、爾後《じご》四人の食に足れりと書す、後又半年にして三人の食にて足ると書出し、二年にして後は二人にて好《よ》しと云ふ、十一年を経て村里の人 某《なにがし》 々《くれがし》 等の来集を請へるあり。

行き見れば左衛門顔色麗はしく憔悴《せうすい》の人とも覚えず、語りて曰く我が冑子《ちうし》と孃妻已《すで》に行けり、事の仔細《しさい》を語らんとて日頃霊験の程残りなく物語り、年来村里の人の哀憐《あいれん》を厚く謝し、佛像経巻什器《じふき》等悉《ことごと》く分ち與《あた》へ後に沐浴《もくよく》して日没端座《たんざ》、合掌して誦念高らかに遂に逝く、左衛門七十三にして實《じつ》に寛永《くわんえい》十一年十月四日のことなりし、是より毎年十月「九日會式」愈々盛んにして此日観音月業に集まると云ひ、又御皿観音は極楽浄土の鍵《かぎ》執りなりと傳へられて近世に及べり。

又此九日會式を「月祭り」と名《なづ》くるは三十三箇所の観音此夜月業に影響あるに當《あた》

り、諸人には其姿を見ざるも恰《あたか》も月の現るるが如くに拝せられたれば、之より又月祭りの異名を用ふるに至れるものになりとぞ。

まず永正（室町時代後期）から伝承は始まっていて、飢饉《ききん》の続く月業に心を痛めた幸光という僧侶《そうりょ》が、自らを人柱にして飢饉を止めようとする。端座定というのは座禅をして生きながら火葬されることだ。その三年後、飢饉はなくなった。ある日月業の住人が誤って幸光禅師の灰を埋めた場所を掘り返してしまう。なんと幸光禅師は生きていて、「観音様を見た」と言う。幸光禅師が皿を並べた上で端座定を行ったことからか、月業の観音様は御皿観音、あるいは人柱となって飢饉を鎮めたからか身代観音とも呼ばれるようになった。

そのおよそ百年後、元和～寛永（江戸時代初期）に、左衛門という修験者が現れる。左衛門は信心深く、賢い男だった。色々な場所で修行をしていたが、結局故郷の月業に戻ってくる。理由は、幸光禅師が観音を見たという言い伝えを聞いたからだ。

左衛門は幸光が観音を見たときと同じ時刻に観音様を見たい、と願うと、観音様が目の前に現れた。観音様は金の鍵を持ち出し、極楽の門を自ら開いた。左衛門は家族にも極楽浄土を見せてやろうと呼びに行くが、戻ってきたときには既に門は閉じられていた。

その三年後、妻子も無事に極楽を見ることができるが、その後は庵《いおり》を作り、家族一同で祈るだけの日々を過ごすようになった。

左衛門は七十三歳で親切にしてくれた月業の人々に感謝しながら息を引き取るが、この伝説は語り継がれ、恐らく十月九日にあったことだからだろう、九日會式と呼ばれ、人々はその日を祝うようになった。観音様は月と共に現れるので、月祭り、とも呼ばれるようになった。

両方ともどこかで聞いたことがあるような話だが、それにしても「皿」というのは何の意味があるのだろう。私の記憶の中には皿と共に埋まる宗教的儀式はない。

私が考え込んでいると、

「どうでしたか？」

住職が静かに声をかけてくる。

「すみません、あまり古文が得意ではないから、読むのに時間がかかって」

資料から顔を上げてそう言うと、住職は笑みを浮かべた。

「実は、他にもエピソードはありますよ」

「そうなのですか？　差し支《つか》えなければ、それも見せていただきたいです」

住職は首を横に振った。

「ええと、謝礼も……」

「いいえ、もったいぶっているわけではなく、お見せできるものがありません。聞いた話なのです」

住職はそう言って滔々《とうとう》と語った。

「宝暦《ほうれき》に一度、こちらは失火で焼失しているのですが、その時の話です。ある男が消火の手伝いに来てくれましたが、火の回りが早く、男が到着したころには全て燃え落ちたあとでした。男がこれはもう仕方ない、と帰ろうとすると、燃え残りが燻《くす》ぶっている場所がありました。そこから誰かが、ほうほうと、女のような声で男を呼びました。不審に思って見回してみた男でしたが、誰もいなかったので、ふたたび帰ろうとしたのです。帰ろうとすると、また男を呼ぶ声がしました。こんなことが何度も繰り返されたので嫌になってしまった男は、鋭い鎌を焼け跡に振り下ろしました。すると、なんとその場所から、皿が何枚も出てきましたとさ」

「また、お皿……」

敏彦が言う。

「お皿に、仏教的な意味ってあるんでしょうか」

「ううん、私も月業でしか聞いたことがないですね。お皿に関してですと、こんなエピソードもあります。明治から大正にかけてコレラが大流行した折に、夜陶器の皿に水を汲《く》み、月を映し、それを飲み込むとたちまち快癒する、なんていう話がまことしやかに流れたそうですよ」

「なるほど……貴重なお話を聞かせてくださって、ありがとうございます」

私は住職に頭を下げた。敏彦も同じようにしている。

「一つだけ、気になったんですけど」

敏彦が口を開いた。マスクを外し、微笑んでいる。

「月業寺さんが、今年から九日會式を地域のイベントとして盛り上げようと決めたのはどうしてですか？　何百年もひっそりと続けていた伝統なんですよね」

「うーん、どうして、と言われても。若い人からお話があったので、地域活性の一助になればと──」

敏彦は住職の右手を取り、両手で包み込んだ。

「若い人っていうのはどういう方ですか？　大学生？　それとも」

笑みを張り付けたような住職の口元が、わずかにひくついた。

「ちょっと、距離が近いのでは……」

「だって、本当のこと、言ってくれないから」

敏彦は住職の手を大切なもののように撫《な》で擦《さす》った。そして嫋《たお》やかな動きで、右耳を住職の顔に寄せる。

「小さい声で、俺だけに教えてほしいです」

住職のほぼ開いていないような瞼《まぶた》が震える。

「外国人の……男性でした。最初は勉強に来た人かと……とても、詳しかった。九日會式のことも知っていて、それで──祭りの夜に皆で集まればいいと。祈ればいいと。集まればいいと。祈ればいいと。集まればいいと。祈ればいいと。集まればいいと。祈ればいいと。集まればいいと。祈ればいいと。集まればいいと。祈ればいいと。集まれば

いいと。祈ればいいと。集まればいいと。祈ればいいと」

自然に手が出た。敏彦を引っ張り、引き摺《ず》るように住職と距離を取る。

住職の目は互い違いの方向を見てぎょろぎょろと動き、同じ言葉を繰り返している。

「かたやまとしひこ」

異界の言葉のように敏彦を呼ぶ。

口を開こうとする敏彦の口を手で塞《ふさ》ぐ。応《こた》えてはいけない。

「わるいもの。いてはならないもの。かたやまとしひこ。なにもあたえず、うばっていく。いてはならないもの。はんしたもの」

げう、というカエルを潰《つぶ》したような音が聞こえる。

敏彦だった。目が充血して血走り、口が開閉を繰り返して酸素を求めている。敏彦は、渾身《こんしん》の力で自分の首を絞めている。そう気付いた瞬間に、私の手は思い切り敏彦の側頭部を叩《たた》いていた。間髪を容《い》れずにもう一発、二発。三発目に敏彦は昏倒《こんとう》し、どさりと床に倒れ込んだ。

顔の前に手を当てる。呼吸はしていた。敏彦を立ち上がらせようと中腰になった時、

「ささきるみ」

住職の口から女のような声が出ている。

「あわれなこども」

哀れな子供。

そう言われた瞬間、かっと目の前が熱くなる。

右手を大きく動かし、右に払う。

私の押し入れだ。

目の前の何かの気配を今ははっきりと感じる。正体は分からない。だが、

「お前の正体は分からなくても、お前が弱いものだということは分かりますよ」

目を瞑《つむ》る。あの少年が、目を見てはいけないと言った。

「他人の口を借りないと話せませんか？　弱者のやることです」

目の前の何かに集中する。

頭に、観音像を思い浮かべた。きっと、中身はどうあれ、こういう姿をしている。木彫りで、女性的な優しい顔。手も繊細で、神々しいのに何故かすべて受け入れてくれるような温かさを感じる。

「御皿観音」

名前を呼び、「入りなさい」と言う。私の汚い押し入れにしまい込む。そしてそのま、忘れる。それでいい。

それでよかったはずだった。

私は、入りなさいと言えなかった。

顔に優しい衝撃を感じて、目を開ける。その瞬間、攻撃的な美貌《びぼう》が視界に入った。敏

彦が私の顔を優しく叩いているのだ。目を逸《そ》らす。眼鏡が外れていてよかった。私は手だけで体の側に置いてあった眼鏡を探り当て、かけなおした。敏彦が頭を押さえながら、大丈夫？　と聞いてくる。

「なんか、頭が死ぬほど痛い。住職に話聞いてたとこまでは記憶あるんだけど……」

「すみません、私が殴りました」

敏彦は怪訝《けげん》な顔で私を見た後、「まあ、そうしなきゃいけない理由があったんでしょ」と言った。

「それで、片山さん。さっきどうしてあんな娼婦《しょうふ》のような真似を……」

「明らかに嘘を吐いていたから。いや、嘘、って言うのも違うね。誰かに言わされてる感じ」

敏彦は未《いま》だ目覚めない住職の肩を優しく揺すりながら言う。

「ずっとおかしかった。だから、ああすれば、あの変な感じがなくなって、きちんと話してくれると思ったんだ」

敏彦は溜息《ためいき》を吐く。

「結果は返り討ちだね」

「いえ、素晴らしい成果ですよ。やはり、この事件にはまた、同じ人間が絡んでいるということが分かりましたのでね」

敏彦がならいいけど、と言ったのとほぼ同じタイミングで、住職が突如がばっと体を起こした。

「大丈夫ですか？」

すかさず敏彦が肩を抱く。

住職はわっと大きな声を上げて、敏彦の腕を振り払った。

「何をするのですか！」

顔は紅葉のように赤く色を変えている。先程までの張り付いたような笑顔は影も形もなく消え失《う》せていた。敏彦はもう一度住職に体を寄せて、

「お話の最中に気絶されたので、介抱していただけですよ。ご不快なら、申し訳ありません」

「い、いや……」

住職は伏し目がちに落ち込んだような演技をする敏彦を見て、しどろもどろに言った。

「何が何だか……」

「先程まで、ご住職のお話を伺っていたのですが、それは覚えていらっしゃいますか？」

「ええ……随分綺麗《きれい》な人だなと、ちゃんと覚えて……すみません、何を言ってるんでしょうね。ごめんなさい」

「構いませんよ。ご住職、念のため、この後病院へ行った方が良いかもしれません。その前に」

敏彦は続けた。

「色々、月祭りの伝承についても、貴重なお話をいくつも聞けたのですが」

「月祭り、はい……月祭り、不思議なんですよ。私も父や祖父から聞いていただけで、言ってしまえば、ただ、月に向かって祈るというだけの日だったんですが。今年は商店街でイベントをやるということに決まってね」

住職はちょっと待ってくださいね、と言ってどこかへ行き、数分も経たないうちにまた戻ってきた。

「これはきっと、まだ見せていないですよね？　何かの参考になりますか？」

有かたや月日の影ともろともに身は明かになるそうれしき
あはれみの大慈大悲のちかひにはもらさてよよそてらす月かな
くわんおんのしひのきんやくうゑぬれはくちぬ宝を身にそおさむる
法によく命をかけてひたすらに願ひは罪も消えてこそ行け
おさらさまいまは何処にをられるかまつ引き連れむ極楽浄土

「これは一体？」

「こちらに残っている『月祭り』の歌ですよ」

子供たちが歌っている歌はこれだったのか、と思う。

「メロディはどんな感じですか？」

「いえいえ、歌と言っても本当に歌うわけではありません。もしかして、歌っていたのかもしれませんが、残っていませんよ。今は本当に、ただ月を見て、祈るだけなので……」

「……おかしいな、なぜ、こうなったのかな」

住職は同じところをぐるぐると歩き回っている。

「おかしいな、確か男の人が来て――金髪の若い男の人が。いや、女の人だったかな？　思い出せない……」

敏彦が目配せをしてくる。私は黙って頷《うなず》いた。

「それでは、私たちはお暇《いとま》させていただきます。今回は、貴重なお話をお聞かせいただき、ありがとうございました」

まだ怪訝な顔をしている住職を残して、私と敏彦は寺を出た。

帰り道で敏彦は言う。

「言わなくてもいいことかもしれないけどさ」

「言わなくてもいいことは言わないのが一番ですよ」

「聞いてよ、真面目な話」

敏彦はこちらを見ずに言った。

「身内贔屓《びいき》は、駄目だよ。間違っているときは間違っていると言わないと」

敏彦が倒れ、救急車で運ばれていったのは、事務所に着いてすぐのことだった。

第三章　半月

1

「ねえ」

少女が言った。

「自分が自分で良かったと思ったこと、ありますか？」

答えに詰まった。

少し考えてから答える。

「それは、どういう意味で？」

「その答えでもう、分かりました。今まできっと、そんなこと、考えたこともなかったんですね」

そのあと何を言ったか覚えていない。記憶は美化される。そのようなものに意味はない。確かなのは覚えてさえいないことだ。いかに彼女を軽く扱っていたかだ。彼女に、ほんの子供に、なんという言葉をかけたのか、覚えていないのだ。彼女は大勢の中の一人でしかないと思っていたのだ。頭でどう考えていようとも、態度に出さなくとも。

今の彼女はどす黒い目で睨《にら》みながら、時折笑う。

「そんなこと思い出しても意味がないですよ」

彼女は十字を切った。

「父と子と聖霊、ふふ、私には、何も意味がなかった。多分、あなたにとっては意味があったよね。それをやると、安心するよね」

「違う」

何も違わないことは一番分かっている。

「あなたがやっているのは、マスターベーションだよ」

「どこでそんな言葉を覚えたんだ」

彼女はきゃはは、と笑った。

「私のこと、何だと思っているの？　なんでも言うことを聞く、真面目ないい子ちゃん？　そういうことは知っていたらダメ？」

首を横に振った。

「私は地獄にいるよ。あなたのところには帰れないよ」

「違う」

「違わないよ」

彼女のぽっかりと空いた眼窩《がんか》が蠢《うごめ》いた。

There was a lady all skin and bone,（骨と皮ばかりの女がいた）
And such a lady was never known;（こんな女は見たことがない）
It happened on a holiday,（ある休日の出来事）
The lady went to church to pray.（女が教会へ祈りに行ったときのこと）

She saw a dead man upon the ground;（死んだ男が地面に横たわっていた）
And from his nose unto his chin,（鼻にも顎《あご》にも）
The worms crept out and the worms crept in.（ウジ虫がうじゃうじゃ出たり入ったり）

Then the lady to the sexton said,（女は墓守に話しかけた）
"Shall I be so when I am dead?"（『私も死んだらこうなるの？』）
And the sexton to the lady said,（墓守は言った）
"You'll be the same when you are dead."（『ええ、そうですとも』）

「やめてくれ」
「ただのマザーグースですよ、あなたが教えてくれた」

懇願しても、少女は話すのをやめない。眼窩から、無数の虫が這《は》いだしている。

「教えてくれたことは全部本当だったね。私は地獄へ行った。死んだら虫に食われて暗くて冷たくて痛い」

「違う。全部嘘だ」

「違わない、嘘じゃない」

彼女の半身はぐずぐずに溶けて、泥色の粘液を垂らしている。

「あなたの言ったことは嘘じゃない。全部、嘘じゃないよ」

彼女が腕をこちらに伸ばしてくる。足、腕、頭、口腔《こうくう》、脳まで絡め取られる。

「ずっと一緒に居られますように」

無邪気な彼女の祈りを聞き届けなかったのは神だ。気が付かなかったのは自分だ。あちらは見ているだけで、こちらは見てすらいなかった。

目が覚める。

手袋が脱げていた。穴から這い出し、全身を絡め取っていたのは彼女ではなく、尊いものたちだった。

もう一度手袋を嵌《は》めなおし前を向く。いつもの自分の部屋だ。多量の辞書、子供のための英会話の本、詩集、捨てられないクリスマスセーター。

聖書は捨てたり、拾ったりを繰り返している。信仰心の問題ではない。これは祖父からもらったものだからだ。祖父が幼い頃から大切にしていた革製の表紙は角が傷付き、十字架と聖杯のデザインにいくつも亀裂が入ってしまった。それを見ると、宗教者である以前に、ずっと優しかった祖父を思い出して心が痛む。肉親への情と、強烈な憎しみを天秤《てんびん》にかけて、前者が増したり、後者が増したりしている。

今日は——見たくない。

クローゼットの奥に聖書を放り投げ、スケジュール管理アプリを開く。

もうあらかた回りつくしてしまった。病院も、幼稚園も、小学校も、児童養護施設も。どこの施設にも彼女と同じように苦しむ子がいた。肉体でも、精神でも、同じことだ。彼らは苦しんでいても誰にも頼れない。辛《つら》いと言うことさえしない子も多い。

だから、尊いものの力を借りる。尊いものは子供たちの中に入り込む。そして、一番の望みを叶《かな》える。コミュニケーションは取れないが、それは分かる。

効果を確信したのは最初の奇跡だ。

右足をくねらせるような歩き方の小学生が、恐らく同級生に囃《はや》し立てられながら歩いているのを見つけた。近寄って、意地の悪い子供たちを追い払い、彼の目を見た。彼は怯《おび》えるような顔をしたが、「辛くない？」と聞くと何も言わず泣き出した。その目の中に、尊いものは入った。

一週間後、遠くから彼の姿を見た。彼は真っすぐに歩いていた。すぐ後ろに、意地の悪い子供たちを従えて。

いつの間にか、外であることも憚《はばか》らず尋ねていた。

「あなたが神か？」

それは答えなかった。

「あなたが、本物の、神なのか？」

にせものはない
そう聞こえた。気のせいかもしれなかった。

「どうしたらいいですか？」

しばらくして、
わたしはみているだけではない
そう聞こえた。

嬉《うれ》しかった。単純だった。そのとき、最も求めていたのは、それだった。

神は神であるなどと名乗らないものかもしれない。だからこそ、神かもしれない。しかし、そんなことはどうでもよかった。

真実は、右足の不自由な少年が瞬く間に完治したということだ。

それ以来、尊いものと呼んでいる。

尊いものは、祈ることが大切だと言った。それでは前と変わらないと思ったが、そうではない。闇雲に祈るのではない。

祈り、名前を呼ぶ。名前を呼ぶと、定着する。力を増す。

何が目的か問うと、ごくらくじょうど、と言った。もどかしかった。言葉が聞こえるわけではない。ごくたまに、頭に流れ込んで来るだけなのだ。

目が覚めた時、頭に流れ込んできた日がある。

つきまつり、ここのかえしき
ネットで検索した。すると、個人のページがヒットした。昔話を集めているサイトだった。

月業に住む左衛門という人間が観音様と会い、極楽を見せてもらう。月業寺では今でもその日を九日會式、あるいは月祭りと呼んで祝っている。そんな昔話だった。

月業という土地が世田谷区にあるとは知っていたが、こんな話は聞いたことがなかった。

もう少し調べていくと、やや難解な内容の古い資料が見つかった。

ごくらくじょうど、つきまつり、ここのかえしき
それで、尊いものが何を求めているか理解できた。

人々を極楽に連れて行く。

遠く室町《むろまち》の時代に起きたことをまた起こそうというのだ。

あのあたりの時代はまだ、信仰が生きていた時代だ。人々は呪いや妖怪《ようかい》、神を真剣に信じていた。だからこそ、その信仰心に応《こた》えて、御皿観音が降臨し、極楽を見《み》せたのだ。

あまり極楽を見たいとは思わない。というか、見たところで何なのかと思う。見るだけでは、何もない。

しかし、それが尊いものの望みであるならば叶《かな》えたいと思った。これは子供の病気を

治している。その見返りとしてはあまりに軽いとすら感じる。もっとも、見返りなど、求めていないのかもしれない。「助けてほしい」と言わない子供すら、これは助けるのだから。

人を多く集めるためにはまず、月祭りを周知させないと始まらない。

月業寺の住職、町内会の人間、それと中高生の中にいたインフルエンサーと呼ばれる子供たちに、会った。会うだけでいい。会えば。尊いものは入っていく。警戒をされない、不自然な部分も外国人だから仕方ないと思わせることのできる容姿は役に立った。

月祭りはあっという間に盛り上がりを見せ、九月に入ると、皆が満月を心待ちにするようになった。最終日のイベントは極楽巡りだ。

「ほほほ」

尊いものを真似て笑ってみる。

彼女が死んでから、本心で笑ったことなど一度もない。顔に笑顔の皮が一枚張り付いていて、一人にならないとそれは取れない。

彼女はどう思うだろうか。分かり切っている。

マスターベーションだ。

彼女は幼い子供だった。

震えながら話しかけてくる様子に、ただ年上の人間を親のように慕う気持ちだけではない、恋や愛の意図があるのは分かっていた。

それに対して、ほんの少し嬉しさはあった。しかし勿論《もちろん》応える気はなかった。

学生の頃、教員にこんなことを問われたことがある。

女性に「辛い、死にたい」と言われたとき、どうしたらいいのかと。一番手っ取り早い解決の方法は、女性と恋愛関係になることだと誰かが言った。恋愛はせずとも、一緒に寝るだとか。「そういう方法は長期的に見るとあまりよくないでしょう」と言った記憶がある。その女性の面倒を一生見る、添い遂げる、そういう覚悟もないのにそのような関係になってしまったら――教員も賛同した。そして彼が教えてくれた「正解」はなんだったのか、もう覚えていない。

確実に、自分が間違えたのだということだけが分かるのだ。

妄想の中のあの子はそれを的確に反映する。そうだ。恋愛の延長線上に性愛があるのは当然のことだ。あの子だってそうだったかもしれない。それなのに、性も愛も排除して、ただ『可憐《かれん》な少女』というアバターのように、そうあることを強要して、彼女と接していた。

少女の淡い恋の思い出として、あるいは心の支えとして――そうなれればいいと。馬鹿にした話だ。何も真剣に考えていなかった。

あの子は賢い子供だったのに！

愚かなのは自分だ。彼女を踏みにじったのは自分も、同じだ。

「愛《いと》しいすべての命のために、吾身《わがみ》御身に捧《ささ》げます」

穴の向こうのそれに祈り続ける。そうすれば間違いはない。

家を出る。

今やほぼすべての人にそれは入っている。

おはようございますも、おやすみなさいも、必要がない。

幸せだからだ。

彼女にも幸せになってほしい、ほしかった。

2

「外が騒がしかったですけど、どうしましたか？」

事務所に入った途端、青山君が話しかけてくる。

「ああ……敏彦さんが、具合が悪くて。救急車を呼びました」

「ええ、大丈夫でしょうか。いや、大丈夫じゃないですよね。救急車なんて……」

彼は落ち着きなく目を動かしている。目が丸くて大きく、優しい顔だ。

誰が見ても、いい人だと思うだろう。

「先輩……？」

青山君が私の手を握った。冷たい感触だ。あの手袋をしている。

「大丈夫ですか？　先輩も、具合が？」

私は思わず青山君の手を振り払った。彼がショックを受けたような表情になる。それを見るのが耐えられない。私はバランスを崩し、ソファーに倒れ込むような演技をした。

「いたたたたた」

大げさに声を上げる。

「手を怪我してしまったみたいなんですよ。ごめんなさい」

青山君の顔が絶望から、困惑に変わる。

「ええ、一体、何が……」

「まず、片山さんですが、お母様に連絡しました。すぐに向かってくださるようなので、大丈夫でしょう。私の方は、不注意で切ってしまっただけなので、それも心配ご無用です」

「そうですか……」

青山君はまだ納得がいっていない、というような表情で呟《つぶや》いた。

「何にしますか？」

青山君は棚を開けながら言う。

「いえ、今は……」

「じゃあ、勝手に紅茶を淹《い》れますから、飲みたくなったら言ってください」

青山君は幾何学模様の缶を開け、慣れた手つきで一連の作業をする。カップにお湯を注ぎ、その間に茶葉を計量して入れ、お湯を注ぎ、蒸らす。蒸らし終えたら茶漉《ちゃこ》しを使って、もう一つのティーポットに出来上がった紅茶を注ぐ。カップの湯を捨て、一杯分注いだ後、ティーポットにティーコジーをかけた。たしかこのティーコジーの刺繍《ししゅう》も、青山君が入れたものだ。

「いつ見ても、鮮やかな手際ですね」

「そんな……」

何回褒めても、青山君は同じように、色素の薄い肌を真っ赤に染めて照れる。

何も変わった様子はない。他人を気遣い、お茶を淹れるのが得意で、素直で優しい、いつもの青山君だ。だから、余計なことは聞かなくていい。

私は私の好きにしていいのだ。

「そうだ、今日の資料を共有しましょう」

青山君は私のメモや写真を見て、「音声はありますか」と言う。そして音声を聞いた後、

「ほほほ」

ぎょっとした。青山君の声だ。青山君は私の顔を見もしないで、

「『ほほほ』って聞こえました」

平坦《へいたん》な声の調子で言った。駄目だ。私がおかしいと思っているから、疑っているから、何でもないことでも気になってしまうのだ。

「これはね、礼音君が自分で言ってたんです」

「なるほど。でも、礼音君のものだけではなく、他の人の録音からも『ほほほ』って聞

こえます。住職さんのお話にもほうほうって……なんだろう、笑い声かなあ。みんなが同じような声で笑っていると思うと、不気味ですね」

もう一度、青山君と一緒に聞こうと思っていたのに、私は何も聞けていなかった。彼の一挙手一投足が気になって仕方がない。

「先輩は」

「青山君」

私は彼の言葉を遮った。考えるのが嫌だった。

「私、思うんです。私だけでは分からない。だから、一度、物部さんに相談してみようかなと」

口から出まかせだった。物部を頼るのは最終手段だ。というか、もし彼に話すなら、泉さんが直接依頼すればいい。私が介入する理由がない。

はっきり言って、今、私は物部に嫌悪感がある。なるべくなら話したくはない。

でも、青山君は物部と親交を深めている。誕生日に贈り物を貰《もら》ったと聞いた時は驚いた。物部は自分の誕生日を憎んでいる。そんな彼が贈り物をするなんて。

とにかく、物部の名前を出せば、ああいいですね、とか、じゃあ僕から話しますよとか、そう言うと思っていた。

そして、もし、疑いが真実なら、物部にはすぐ分かるはずだ。だから。

「物部さんには分からないと思います」

穏やかな声で、青山君はきっぱりと言った。

「どうして」

物部さんに嫌悪感を持っているくせに私は、

「物部さんは、当代で一番ですよ。分かってるでしょ？　何度もお世話になったし、頭が悪いって自分では言ってるけどすごく頭が回るし、ルール無視でお祓《はら》いしちゃうし――なんでも、見えてるんですよ、あの人」

「見ているだけの人には分かりませんから」

コン、と音がした。ティーカップが木製のローテーブルに置かれる。

「見ている、だけの人……」

私は馬鹿みたいに彼が言ったのと同じことを繰り返した。青山君は頷《うなず》く。

「ええ。見ているだけの人でしょう」

「いいえ、何度も助けて……」

「先輩、申し訳ないんですけど、ちょっと、時間が」

私の言葉を遮って、青山君は腕時計を叩《たた》いた。

「また、教会の仕事ですか？」

青山君は困ったように笑った。

「困っちゃいますよね。僕は先輩のお手伝いをしたいんですが、父に頼まれると断り切れないというか……」

「私は詳しくはないですが、最近は行事等はないですよね。お忙しそうですが、今やっているのはどんなお仕事です？」

「カウンセリングです。最近は病院が多いですね。祖父も父も同じことをやっていたんですが、僕はまだ経験がないので、アルコール依存症の会とかでは」

「結局、あの教会を継ぐ、ということなんですか？」

青山君の話を遮るように私は言った。

口調もきつくなって、すぐに後悔する。青山君が私の事務所を立ち上げて、事務処理のほとんどを引き受けてくれていること自体がおかしいのだ。彼はプロテスタント教会に生まれたクリスチャンであり、ゆくゆくは牧師になる。それが当たり前だ。正しい道だ。ほとんどの人間は心霊現象に悩まされる経験などせず一生を終える。しかし、心が苦しくなって、何かに縋《すが》りたいときは誰にでもある。そういうときに、心の支えとしての宗教はとても大切な役割を果たす。

つまり、教会の仕事は、私の職業なんかよりも、ずっと素晴らしいものなのだ。

でも、どうしても、こちらを優先してくれればいいのに、いつもはそうしてくれるはずなのに、と思ってしまう。

「ごめんなさい」

青山君の答えを聞くのが怖い。

「分からないですね」

彼は静かな声で言った。

「僕には向いていないかもしれない」

「そんなことはないでしょう」

これは本心だった。

「あなたはいい人です。誰にでも優しいし——おじいさまのようなエクソシストのようにはなれずとも、悩みがある人はあなたと話すだけで癒《いや》されると思いますよ」

「ありがとうございます。先輩に褒められると、すごく嬉《うれ》しい。でも」

彼は立ち上がり、仕立てのいいズボンの裾《すそ》を伸ばした。すぐにでも帰るつもりなのだ、と思った。

「きっと、それだけじゃ、駄目なんです」

それじゃあ、と言いながら、彼は使った食器を丁寧に洗う。視線を食器に落としたまま、

「さっきの物部さんに相談するというの、否定してごめんなさい。僕は何と言ったらいいのか——力、みたいなものはないので、どうしても、そういう考え方になってしまいます。るみ先輩は、多分力の使い方的な——参考になることもあるでしょうね。ごめんなさい」

「ああ、それは、別に……」

何の意味もない会話だった。こんなことが話したいのではない。

『身内贔屓《びいき》は、駄目だよ』

敏彦の声が脳に浮かぶ。彼だって分かっているのだ。

「あの」

鞄《かばん》を持ち、事務所から出て行こうとする青山君に声をかける。

「なんですか？」

彼は振り向いてにっこりと笑う。

私はしばらく逡巡《しゅんじゅん》して、

「夜道は危ないですから、重々お気をつけてお帰りください」

3

「ようやっと《や》おいで《と》ちゅーが《来んね》」

物部斉清を視界に入れた瞬間、私は吐きそうになった。それと同時に、猛烈な怒りが沸いてくる。

「青山君と一緒に来るち思ったけんどな」

この男は、私に気持ちが悪いと言い放った。

私の心を勝手に読んで、気持ちを見透かして、気持ちが悪いと言ったのだ。

私が青山君を母だと——母になってくれると思っていることを、気持ちが悪いと言ったのだ。

物部のような人間に分かるわけがない。手足を失ってもなお強く、利他的な善性を持ち、周囲から愛されている人間に、支えがないと今にも暴発してしまう人間の気持ちなど、絶対に。

この男は結局何も分からない。私の気持ちどころか、人間の気持ちが分からない。だから、なんの悪気もなく、堂々とこんな悍《おぞ》ましいことができるのだ。気持ちが悪いのはお前だ。そう思ったら、止まらなくなった。

「私にあんなことを言ったくせに」

私は挨拶《あいさつ》もせずに、物部に近寄る。

物部の横に立つ若い男が私と物部の間に立ちはだかろうとしたが、物部が手でそれを制した。

「あんなこと、ってなんじゃ」

物部はその、神々しい瞳《ひとみ》で私を見ている。こんな美しい瞳で私を見ないでほしい。ますます馬鹿にされているような気持ちになる。

物部の問いを無視して私は続ける。

「気持ち悪いのはあなたじゃないですか。毎日、死にたいと思っているくせに。先がないって言っているくせに。実際、先がないくせに。どうしてそんなことができるんですか」

はあ、と物部が溜息《ためいき》を吐く。その腕の中で、真っ白な布に包まれた赤ん坊がふにゃふにゃと声を上げた。

「それ、あなたの赤ん坊でしょう。どうしてそういうことができるんですか。そんな、エゴの、塊みたいな、気持ち悪い」

「お前、言わせとけば、何様じゃ」

若い男が手を振り上げる。

「えいえい。言われて当然じゃ」

物部は男の手を摑《つか》んで、ゆっくりと下に下ろした。

「確かにこの子の種は俺じゃ。でも父親にはなれん。ほういうのが、気持ち悪いしエゴ、当然じゃろ。誰やちそう思うんじゃないろうね」

物部は人差し指を立てて、まっすぐ上に向けた。

「でもな、俺はここに生まれたき。こういうもんとして生まれたき、そうするしかないんじゃ」

膝《ひざ》の上の赤ん坊が手を伸ばして、物部の人差し指を摑んだ。

「申し訳ないち思うちょる。この子にも、この子の母親にも」

物部は赤ん坊を見て、苦しそうに笑った。

「いつも面倒はこの子の母親が見ちゅうが。こんな体ではうまく抱き上げることもできん。滅多に顔も合わさんがよ。生まれてから、七回——いや、六回じゃったかな。それなのに、こうやって笑ってくれるんじゃから、本当に」

そこまで言って、物部は声を詰まらせる。目にうっすらと涙が浮かんでいた。それを見て、横の男が、同じように苦しそうな顔をして、物部の肩を擦《さす》る。

その光景には、何とも居心地の悪い同調圧力があった。

普通の人間なら物部斉清という男の事情を理解するべきだ、という。

物部斉清は神仏の如き力を持って生まれ、それに見合うだけの善性も持ち合わせていて、これまで沢山の人間を助けてきた。その善行と引き換えに四肢を失い、体は悪いものに蝕《むしば》まれていて、あと十年も生きられない。しかし、彼の家は代々そういう仕事をしているから、跡継ぎを作らなくてはいけない。以前物部から聞いたことがある。同じような稼業の家の者から、選ばれた女を何人か見繕ってきてあって、既に全てが決まっているのだと。私が「まるで競走馬ですね」と言うと、「ほうじゃ」と言って物部は笑った。

でも、彼に対する同情よりも、どうして、という気持ちが強い。

今現在、毎日死にたいくらい苦しんでいるのに、なぜ子供など作るのか。彼が苦しんでいるのと同じか、それ以上に苦しむかもしれない、そういうふうな運命を背負っている子を。

私は彼に怒りを感じたし、気持ちが悪かった。

誰か一人欠けたところで、どうにか間に合わせるようになっている。どこも同じだ。

それなのに彼は、自分がやるべきだと思い込んでいる。

競走馬と言ったが、少し違う。彼は蜂だ。彼本人に自我はなく、ただ「物部家」という集合体のために生きている。

しかもそれを、世の為だと思っている。そこが一番、気持ちが悪い。そんなものはエゴでしかない。

「私に気持ちが悪いなんてよく言えましたね。あなたの方がよっぽど」

「俺、ほんなこと言うてないけんど」

物部は少し首を傾げて私に言った。

そのわざとらしい仕草でますます腹が立つ。

「方言が分からないと思って馬鹿にしてるでしょう。きちんと調べましたから。のうがわりい、って言ったでしょう」

「はあ、このブス、そんなことで斉清さんに絡んだんか」

「保《たもつ》君、やめえや」

保、と呼ばれた——恐らく物部の世話係なのだろう——彼は、舌打ちをして私を睨《にら》みつけた。

「えいか、ブス、よう聞けや。『のうがわりい』いうのは『気分が悪い』ちことじゃ。『具合が悪い』ちことじゃ。斉清さんが毎日具合が悪いんは当たり前じゃろが」

顔が熱を持つのを感じる。方言が分からなかった。私はつまり、まったくの勘違いから、彼に恨みを持ってしまったのだ。

「ブスち言うなや。誤解が解けたんじゃ。えいがじゃないろうね。ほうじゃ。勘違いさしてすまんな。手も足もかなわん《動かせなく》ようになったき、しょう不便な《ものすごく不便だ》よ……るみちゃんの言うこと、間違ってはおらんわ。外の人から見たら、気持ち悪いがちがう」

「ほんでも、思っちょっても、気持ち悪いとか言わないでしょう。幼稚園生じゃって言わん。親にいかんち言われるき」

「保君、できん人もおる。俺じゃって、口は悪いろう。君もブスとか言うちょるし……るみちゃんは親が——とにかく、色々あったが」

すぐに謝ればいいものを、物部の妙に鷹揚《おうよう》な態度で余計に意固地になってしまい、謝ることができなくなってしまった。

勢いのまま、

「色々ってなんですか。はっきり言ったらいいじゃないですか。育ちが悪いって。見下しているんですか」

「急に出てきて、挨拶もせんで、キレてくるような奴見下されて当然じゃろ。俺はお前んこと一つも知らんが、お前は阿呆《あほう》でどうしようもないいち思っちょるわ。お前の育ちも、親がどんな人間かも知らんがよ、お前えい年なん違うか。その年でクソみてえな性格でよ、親のせいにできんぞ」

刺すような声で保が吐き捨てた。私は何も言い返せなかった。

「もうえいて。言い過ぎじゃ。ほんなことより、聞きたいことがあるがじゃないろうね」

物部に窘《たしな》められて、保は渋々といった感じで口を閉じた。私は羞恥心《しゅうちしん》で一杯になり、声が震えた。

「あ、青山君の……」

「おう、ほうじゃった。まあ、どうい《し》て俺がこの子と一緒におるんか、いうのも、今から用事があるからなんよ。とりあえず、ついてきてくれんね」

保が舌打ちをしながら私を一瞥《いちべつ》し、物部の車椅子のハンドルを摑んだ。

「ここいらは人もほとんど来よらん」

およそ十五分ほど歩いてから物部が言った。

確かに、いつも物部の住む粗末な小屋に行くときは、車両では進めないものの、一応誰かが整備したであろう道があって、そこを通る。

しかし今歩いているのは正真正銘の獣道だ。歩くためには腰までの高さの草を倒したり、太い枝を避《よ》けたりしないといけない。以前、山の斜面から急に物部が降りてきたことがあって驚いたけれど、彼らにとってはこちらの方が慣れた道なのかもしれない。

「そんなところに」

「ほうじゃ。本来お前のようなもんが近づいてえい場所ではないわ。俺もじゃけんど」

保が私の言葉の先を予想して、激しい口調で答えた。

「大丈夫じゃって。神さんの機嫌もえいろう」

突然、赤ん坊が泣きだした。物部が膝を揺らして、

「おいよう、あんまり泣きよったら、おとろしいもんがくるぞね《怖いものが来るよ》」

聞いたこともない優しい声で赤ん坊をあやす物部を見て、また吐き気を催してしまう。

そしてまた、保に睨まれる。

私は保の鋭い視線を肌で感じながら、また下を向いて黙々と歩いた。口に出してはいないのだから、これくらい我慢してほしい。

「はあ、ことうたちゃ《疲れた》。保君、ありがとう」

物部の声に合わせて足を止める。

恐らくここなのだろう、と思った。確かに、異様な雰囲気がある。決して悪いものではない。しかし、同時に、頭を上げてはいけないような荘厳な恐ろしさを感じる。

その場所だけ木々が避けたかのように生えていない。

異界の入り口のように、岩肌にぽっかりと穴が開いていた。

物部は手を合わせて、何かを唱える。

「ほいじゃ、行ってくるき、待っちょって」

赤ん坊を膝に乗せたまま、物部の車椅子は穴の中に消えていった。

中は真っ暗で、闇に呑《の》まれたように物部の姿は見えない。横目で保の顔色を窺《うかが》うと、怒ったような顔をして穴の中をじっと見ている。

十五分は経っていないと思うが、それくらいしてから、車輪の回転する音がして、物部が穴から出てきた。

「はあ、いっつもかっつもずるうないわ《骨が折れる》」

物部は穴に入る前より肌の色が青白くなっている気がする。保が駆け寄って、スポーツドリンクを手渡している。

物部はありがとう、と言って飲み干してから、

「保君、隆清《たかきよ》連れて戻ってくれんね」

「でも……」

「えろうすんません。限界やき。俺やなくて、隆清が。保君もなんもせんで待っちょったき、たまらんろう。大変《だろう》」

赤ん坊は泣きも喚《わめ》きもせず、保の腕の中にすっぽりと納まった。

「二人で話したいこつがあるき、迎えに来んで構わん」

保は納得のいかない様子で何度も振り返って物部を見たが、赤ん坊がぐずりだしたのか、無理に笑顔を作ってあやしながら元来た道を戻って行った。

「さてと」

物部は器用に車椅子を動かして、私の方に体の向きを変えた。

「今何をしちょったか気になるか？」

「話すなら、聞きますけど」

「まったく」

物部は呆《あき》れたように笑って言った。

「隆清いうんじゃ。赤ん坊の名前。あの子は——正直言うて、才能がない」

「才能って、霊能力のことですよね。全くあなたって、規格外ですね……生まれた時か

ら分かるんですか。でも、あなたに比べれば、誰だってないのでは」

「まあ、ほうじゃ。ほんでも、足りなすぎる。ジジイより、オカンより、少ない」

物部は複雑に色の重なった瞳《ひとみ》で私を見据える。

「少なかったら、どうする？」

「ふ……増やす？」

物部の言っている「足りない」というのは、恐らく私も持っている霊能力のようなもののことだろう。私は詳しく知らないが、世の中には色々な修行を経て力を獲得したり、あるいは元々ある力を強くしたりする人間もいるらしい。物部は、あの穴が修行する場所で、「物部家」の跡継ぎである赤ん坊に修行をさせているとでもいうのだろうか。

「修行ではないよ」

物部は私の考えを見透かしたように言った。

「確かに修行して強くなりゆう人もおるらしいね。よう分からんけど、俺は、ほうゆう人は、元からあったもんが見えるようになっただけじゃと思う。隆清は違うわ。元からない。勉強しても、修行しても、変わらん」

「何が言いたいんです？」

「ないもんを、あるようにする方法じゃ」

物部は視線を穴に向けた。

「一個貰《もろ》たら、一個取られる」

「はあ？」

「一個貰たら二個、二個貰たら三個じゃ。東京から来た学者先生――るみちゃんの先生でもあるか？　あの先生は、質量保存の法則とかなんとか言うてたわ。俺にはよう分からんが」

「ああ、斎藤《さいとう》先生……」

斎藤晴彦《はるひこ》教授は、私と青山君のゼミの教授で、民俗学の権威だ。変わり者だが、気さくで良い人なことは間違いがないので、物部の嫌いなタイプではない。素直なのだ。斎藤先生なら、物部とも腹を割って話すことができるだろうな、と思った。

物部の言っていることはなんとなく察することができる。

「つまり、あの穴は、何かを貰《もら》うことができる。でも、それと同じだけの代償を取られる、と、そういうことですか？」

「理解が早くて助かる。ほうじゃ。あすこは、ほういう場所。でもな、やっぱり個人差いうもんがあるんよ。例えば、あんまり勉強しんでも、東大に受かる人もおるがでしょ。反対に、どんなに勉強してもよう受からん人もおる。ほういう差は、あるよ」

「なるほど？」

「俺はその喩《たと》えで言えば――ンン、恥ずかしいな、クソ、こんな喩えしんかったらえかった。まあ――なんも勉強しんでも、東大に受かるタイプじゃ」

「それは……そうかもしれませんね」

要は、あの穴には物部の信じる神がいて、何かと引き換えに願い事を叶《かな》えてくれるのだ。

物部はこの山の神の代弁者——どころか、同じ機能を有した分体のようなものだと私は思う。神とて、自分の分体に対価を要求したりはしないだろう。

「つまり、あなたは、何の霊能力もない赤ん坊に、霊能力を植え付けてくれと、神様に頼んでいるというわけ？　やっぱり、ひどいことしますね」

物部は「ご明察」と言って頷《うなず》いた。また、むくむくと苛立《いらだ》ちが沸きあがる。

物部が今苦しんでいる理由は、本を正せばすべてその強大な力が原因だ。

私の場合、この力を使って仕事をしているわけだから一概に「こんな力はない方が良かった」とは判定できないものの、養母である百合子が私と同じような力を有していなかったらどうなっていたか分からない。今よりもっと精神のバランスを崩していただろう。

「安心しい。やっちょらん。ちゅうか、なんべんやってもできん」

物部は視線を地面に落とした。

「それで気付いた。なんでも叶えられるち思うちょったけんど、ほういうわけではないわ。限度がある。できんことは、できん、ちゅうことね。まあ、また何度かやってみる。今回は残念じゃけど断られてしもた、ほういう話……俺、勉強はできんけど、もう一つ気付いたことがあるわ。子供ができて、初めて分かったことかもしれん。ないんじゃったら、他の人に助けてもろたらえいちこと」

物部の言いたいことが分からず、ぽかんと口を開けていると、彼はそれを見て、少年のような声で笑った。一人で話してすまんな、と謝りつつ、

「ほんで、るみちゃん、なんか思い出すことあるがやないですか」

「へ？」

突然話を振られて、私の喉《のど》から素《す》っ頓狂《とんきょう》な声が漏れた。

「そんな急に……」

「おさらさま」

心臓が跳ねる。

色々な怪奇現象があった。恐ろしい思いもした。しかし、物部の口から発せられると、もうどうしようもないのではないかと思えてくる。私は、自分の手ではどうにもできないことに首を突っ込み、破滅しかけている——今、下り坂を転がり落ちている真っ最中なのではないかと。

「どういう、ことですか」

「青山君言うちょったわ。何かの代償に何かを叶えてくれる神様——おさらさまは、観音様なんじゃったか。ほういうもんがおったとして、どうしたらいいですか、て」

「青山君、どうして、一人で」

私は猛烈に悔しくなった。悲しくなった。

私より物部を頼ったのは仕方がない。私と彼とでは天と地ほどの実力の差があるから

だ。誰だって、物部を選ぶ。

　耐えがたいのは、私には何も告げなかったことだ。

　いつか、八角教の事件の時、彼に言われたことを思い出す。

『なんで、全部一人でやっちゃうんですか』

　そのとき私は、彼のことを見くびっていた。「青山君のことが大事になりすぎてしまった」などと言って誤魔化したが、言い換えれば、情報を共有したところで青山君にできることは少ないから、仕方がないと思っていた。あれから私は反省して、青山君を悲しませたくはなかったので、些細《ささい》なことでもきちんと彼に報告するようにした。そうしたら、青山君は私にはできないようなアプローチで事件を解決に導くこともあった。

　結構うまくやっている、と私は思っていた。しかし、青山君は私に実家の仕事が忙しいなどと嘘を吐いて、「見ているだけの人には分からない」などと物部を拒絶するようなことまで言って、私を騙《だま》して、こっそりとここに来ていた。

　まさか、あの時と同じことを、今度は自分がやられることになるとは思わなかった。そして、それがこんなに傷付くことだとは想像もできなかった。

「るみちゃんに心配かけとうなかったんが違う。まあ、その辺は分からん。俺もるみちゃんよりできんことはあるよ。人間が何を考えちゅうがか分からん」

　物部の突き放したような言い方で、ますます気分が沈む。

　その場に蹲《うずくま》ってしまいたいのを堪《こら》えて、

「それで、あなたは、何と答えたんですか」

物部は口角の右端だけ持ち上げた。人差し指を立てて、穴を指さす。

「ほいじゃ、青山君もやってみたらえいろう、ち言うて、ここに連れてきた」

呼吸がうまくできなくなる。

やっと物部への怒りの根源に気が付いた。

悍《おぞ》ましくも子供を作ったことでも、遥《はる》か高みから言葉を投げかけられることでもない。物部は私から、大切な人を奪おうとしている。それが許せないのだ。

数か月前、私は青山君に普段物部と何を話しているのか聞いた。青山君と物部では、何もかも違うから、単純に興味があったのだ。青山君は「あったことを報告すると、物部さんがうんうんと聞いてくれるだけですよ」と答えた。そして、「といっても、僕の行動は、物部さんに筒抜けなんですけどね」とも。聞き逃せなかった私が詳しく尋ねると、青山君はしどろもどろになりながら白状した。ある時から物部の視界が、自分の視界と重なるように見えるようになったこと。そのことを物部も知っていて、青山君の視界もまた、物部が共有していること。

「気持ち悪い」

私ははっきりとそう言った。私の気持ちは変わらなかった。物部は気持ちが悪い。私にとっては、少なくとも。だから、謝罪しようなんて思う必要さえなかった。気持ちが悪い。

「彼は、あなたのものではありません」

「お前のもんでもないがじゃろ」

物部は顔を歪《ゆが》めて言った。

「るみちゃん、青山君があそこで何をお願いしたんか、知りたいがですか」

厭《いや》みったらしく丁寧な言葉を使う物部を無視して、私は帰ろうとした。この場にこれ以上留《とど》まっていたら、物部を殴り飛ばしてしまいそうだった。

「当ててみたらえいがやないろうね」

遠くに物部の声が聞こえる。私は耳を塞《ふさ》いで、山を走り抜けた。

4

青山君には頼れない。

敏彦とは連絡がつかない。

物部にも、勿論《もちろん》頼れない。

床には食べ物のゴミが散乱し、机の上は本と脱ぎっぱなしの洋服で木目が見えない。高知県から帰ってきて、改めて事務所を見るとうんざりした。

青山君がいないと、このありさまだ。

一人になった、と実感する。私は一人でいることなど、何とも思わなかったはずだ。

少し前までは。それなのに、今の私ときたらどうだろう。下らない。

誰にも頼らず、興味の赴くままやっていた仕事だった。

「片づけなくちゃ」

自分の独り言さえも忌々しい。誰も応《こた》えないのに。

今日は「御皿観音」とは全く別件の仕事が入っている。

依頼人は三十代の男女で、夫婦だ。

依頼を受けるとき、詳しい相談は後で聞くとしても、例えば「自室に女の幽霊が出るようになった」くらいのことは聞いてから判断するのだが、この夫婦はその程度の情報さえ説明がない。しかし、メールの文面から非常に切羽詰まっているだろうことが想像できたので、事務所に招いたのだ。

片付けようとしても、私にはものを移動することしかできない。仕方がないのですべての散乱物を一か所にまとめ、買ったままで使わなかった着る毛布を取り出し、その上にかけた。明らかに何かを隠しましたという見た目だが、いいだろう。黒く盛り上がる物体を見て、桃子と一緒に見た、塩沢裕のことを思い出す。

塩沢里佳子もこうして、見せたくないものを隠していた。

『いいよね美人は。すぐ男が助けてくれるもんね』

やはり私は、桃子よりも、里佳子に近い人間だ。彼女があのような態度を取る気持ちが、とてもよく分かるのだ。

「あのね、本当に私たち、あんなふうじゃなかったんです」

桃子は里佳子の家を訪問したあと、私にそう言った。

「私って、引っ込み思案なところがあるんです。お店やってるし、留学までしたのに、おかしいって思うかもしれないけど。でも、初対面の人に声をかけるのがすごく苦手で。特に、女の人。男の人って、なんだかんだ女には優しいから」

それは桃子の場合だけで、大概の人間は性差なく他人にはうっすら冷たいものだと思ったが、呑《の》み込んで相槌《あいづち》を打つ。

「でも、病院で、子供の付き添いに来てるのって、お母さんばっかりで。病気は一人ひとり違うけど、どうしても顔を合わせたりすることが多いから、仲良くなりたかったんです。病気は違っても、病気の子を持つ親同士で支えあうっていうか、そういうのをしているの、見て、羨《うらや》ましいなって。でもできなかった。イベントに行って、唯香はお友達と仲良くしているのに、そのお友達のお母さんとは仲良くなれなくて、悩んでました。そんなところで、声をかけてくれたのがゆうくんママなんです。年も近いよねって言われて」

桃子は目を潤ませて言った。

「私、同級生とかとも連絡とってなくて。泉君くらい。同世代で同性の友達なんていないから、本当に嬉《うれ》しかったんです。沢山お茶もして、久しぶりに仕事とか、子供以外の話もできて。ゆうくんママの離婚した旦那《だんな》さん、ひどい人なんだって。子供に障害があるの分かったら、逃げちゃったらしくて。しかも、ゆうくんママが頑張って資格取って働きだしたら、慰謝料返せとか言って家に来るみたいで……私は勝手に好きになって、勝手に生んだだけだから、私なんかよりずっと立派で——」

私は話を聞きながらずっと苛々《いらいら》していた。桃子はだらだらと言葉を続けた後、最後に、

「今は私と同じで、いっぱいいっぱいになっちゃってるんだと思うんです。だってね、前、その元旦那さんが家に押し入ってきて、お金とられちゃったとき、どうしてもヘルパーさんのお金が払えないっていうから、立て替えてあげたんだけど、そのときもすっごく頭下げて、そのあとすぐ返してくれたの。本当にちゃんとしてて、良い人で、ずっと仲良くしたいんです。また、元のゆうくんママに戻ってくれたらいいなと思います」

そう言って締めた。

無神経。本当に、無神経だ。

この女を表す一番ふさわしい言葉だと思った。

「元の」「戻ってくれたら」……なぜ、本来の里佳子がずっとそう思っていた、という考えに至らないのだろうか。ずっと自分のことを憎んでいたのだと思わないのだろうか。考えもしないからこそ、こんなことを堂々と言うのだ。

会って間もない、得体のしれない私のような女に彼女のごくプライベートな情報を垂れ流すのもどうかしている。あのときだってそうだ。すぐに分かるはずなのだ。里佳子は別れた夫のことは触れて欲しくない。金を借りたことがあるのも嫌なのだろう。きち

んとした人ならなおさら、恥だと思っているはずだ。それなのに、きっとこの女はこの調子で、いちいち「あのときは大変だったね」などと言って、蒸し返しているに違いないのだ。それがどんなに彼女に屈辱を与えているかも分からずに。救えないのは、まるで悪意がないことだ。悪意のない無神経な人間に何を言っても、こちらが悪いような気分になるだけだ。

同性の友人がほとんどいないのも当然だと分かる。私とは違う理由で、この女の存在は他人の気分を害する。

儚《はかな》げに微笑む美人の桃子を見て、私は心底うんざりしてしまった。彼女は何も悪いことはしていない。病気の子供をしっかりと育てる愛情深い母親で、繁盛店を経営する立派な女性で、困った友人に快く金を貸すこともできる。それでも——

「そうですね。また交流できると良いですね」

私は心にもないことを言って、〈アントルメ世田谷〉を後にしたのだ。あれ以上あの場所に居たら、私は彼女を傷付けようと躍起になっていただろう。里佳子のように。

「ああ、嫌だ、嫌だ……」

胸のむかつきを思い出しながら、おざなりにテーブルの上を拭《ふ》いた。

気持ちを切り替えたいのに、色々なことが脳に引っかかって、どうすることもできない。

タバコの臭いが染み付いたソファーに仰向《あおむ》けになって唸《うな》っていると、階段を上がる音がした。二人分だ。冷蔵庫からペットボトルのお茶を二本出し、並べる。よく冷えていた。

遠慮がちなノックが聞こえたので、ドアを開けて迎え入れる。

メールから受けた印象と同じように、善良そうで、弱々しい感じの男女だった。

「森竹明《もりたけあきら》です」「妻の美晴《みはる》です」という紹介を受けて、「佐々木るみです」と名乗る。

あまりにも申し訳なさそうな態度だから、こちらも妙に気を遣ってしまい、なんだかぎくしゃくとした雰囲気のまま対面で座った。

明の方はアンダーリムの眼鏡をかけていて、やせ型で、スーツを着用している。対して美晴はゆったりとしたシルエットの麻のワンピースが似合っていて、髪をひとつにまとめていた。誰が見ても真面目そうな夫婦だと思うだろう。この事務所によく来る、スピリチュアルに傾倒した様子のおかしな者たちとは違う。こんな場所に来ることが不自然だ。それくらい、追いつめられているということだ。

私にとっては複数ある依頼の一つだが、この夫婦にとっては頼る場所はここしかないのかもしれない。「おさらさま」のことは頭から無理やり消去して、不自然な笑顔を作る。

「ええと、それで」

私が口を開くと、それに被《かぶ》せるように、

「息子の様子がおかしいんです」

明が言った。隣に座った美晴も首をぶんぶんと縦に振った。

「それはどのように？」

夫婦は顔を見合わせてから、頷《うなず》く。美晴がゆっくりと語りだした。

＊

息子の渉《わたる》は、生まれつき、障害があります。アッシャー症候群といって、耳と目に障害が出ます。渉は、難聴の方は重度ですが、内耳の手術もしましたし、まだ少しは聞こえます。でも、目の方は、どんどん進行していて、今は、ほとんど。今、渉は十二歳です。七歳から始まって、もうかなり、視界は狭まって——辛《つら》いです。代わってあげられないことが。

すみません、こんな話。

とにかく、渉の目は悪くなることはあっても良くなることは今の医療では決してないはずなんです。

でもね、数か月前、なぜだか、少しだけ、見えるようになったんです。

そのとき、聖《せい》エウラリア医科大学付属病院に通っていて。前は、別の病院に通っていました。同じ都内ですけど、引っ越したんです。さっき言った、内耳の手術は前の病院でやりましたけど、そこの紹介でエウラリアに。治療や訓練だけじゃなくて、難しい制度を利用する方法も、全部面倒を見てくれていて。私も夫も、渉も、先生やスタッフの方たちを家族みたいに思ってます。

ご存じかもしれないんですけど、エウラリアは小児科が有名です。小児科専門センターがあるんですよ。色々な病気の子供たちもいて、親同士の懇親会とかも沢山あるんです。

大学の理事長先生がカトリックのクリスチャンでいらして、病気の人は病気の人を助けることができない、とか……そういう理念を持っていらっしゃるんです。つまり、障害のある子どもをサポートするためには、まずサポート役の家族が元気でいなくてはいけない、みたいな。

前置きが随分長くなっちゃいましたね。

渉の目が、一瞬、良くなった時の話です。

その日は仕事の打ち合わせがあったので、母に渉の付き添いに行ってもらいました。仕事が終わって、帰ったとき、母が何とも言えない表情をして、椅子に座っていました。私を見ておかえり、と言って来ました。ぎこちない笑顔で。どうしたのかと尋ねると、

「渉ちゃーん……」

母は蚊の鳴くような声で渉を呼びました。

なんとね、渉が、私に駆け寄ってきたんですよ。びっくりしました。視野狭窄《きょうさく》が進行してからは、走るということはなかったので。

「渉」

元気そうじゃないとか、そういうポジティブな言葉をかけようとしていたんです。でも、できませんでした。渉の顔は涙でぐちゃぐちゃに歪《ゆが》んでいました。

「助けて」

そう言って、渉は私に抱き着いてわんわんと泣きました。渉は、私が言うのもなんですが、本当に強い子です。どんなに辛い——未来のこととかを言われても、笑顔で頑張るよって言う、すごい子なんです。だから、こんな顔、見たことありませんでした。

「え？　どうしたの？　渉は……」

私はただ戸惑うしかなくて、救いを求めるように母の方を見ました。母は、

「分からないの私も……診察が終わって、そのあと何人かお友達と話すって言って……保護者の方々がいたし、病院だから、いいよ、話しておいでって言ったの。私は、保護者の方々と話してて、目を、離してしまって——それがよくなかったのかもしれない、ごめんなさい」

そう言って、母も泣き出してしまったんです。

「泣いてちゃ分からないよ……」

渉はもう、私にくっついて、離れないので、どうにか母から話を聞きました。

とにかく、お友達と話すと言ってから、何人かのお友達と談話室に行ったみたいです。しばらくして、ものすごい形相で母と皆さんが話しているところに駆け込んできたんですって。やっぱり母も渉が走っていたこと自体に仰天したらしいんですけど、

「おばあちゃん、もう、だめだ、逃げよう」

そう言って、渉はぐいぐいと母の手を引いて、挨拶《あいさつ》する暇さえ与えずに、病院から逃げた——そう、逃げた、としか言いようがない様子だったみたいなんです。

それで、家に帰ってくるまでずっと、何度も目の前で手をパッパッて、払うような仕草をしていたんですって。帰ってきてからは布団を被って蹲《うずくま》っていたとか。

母は「目を離した」ことにすごく責任を感じていたみたいですけど、病院の中ですし、談話室は出口が一つしかなくて、そのドアは見えていたみたいですから、問題はないと思います。

そんなことより、渉の言葉が気になりました。途切れ途切れでちゃんとは聞こえませんでしたけど、

「気持ち悪いものが見えるようになってしまった」

「お母さんにもおばあちゃんにも見えていないのは分かる」

「こんなものを見るくらいなら何も見たくない」

大体、こういう話でした。こんなものというのは何かと聞くと、小さくてたくさんいて茶色で目が大きい、とか。

ぞっとしました。とにかく渉の身に何かが起こっているのは間違いないので、病院へ行ってもう一度診てもらおうと、そう言ったら、またひきつけを起こしたように泣いてしまって。絶対に病院には行きたくないと。

夫が帰ってきてもそのままで、その日はお風呂《ふろ》のときも、寝るときも、家族みんなで固まるようにして過ごしました。

渉の言っていることが嘘や幻覚ではなく、本当だということが分かったのは深夜です。

突然目が覚めて、時計を見たら二時でした。ああ、早く起きちゃったな、寝なおそう、そう思って体の向きを変えたんです。そしたらね、

「ほほほ」

目の前に人がいたんです。

小さい人です。茶色でした。

それが、目だけ大きくて。

うじゃうじゃ、ぞろぞろ、いるんです。

ほほほ、ほうほう、みたいな、声を上げて。

多分、叫び声を上げました。そして、そのまま気を失ったんです。

目が覚めたら、腕の中にぐっしょりと濡《ぬ》れた渉がいました。

渉はぶるぶると震えながら、

「お母さん」

と何度も言いました。私はそのとき、母親にあるまじきことですが、どうしても怖くて、子供に理解を示して安心させるとか、そういう感情抜きで、

「お母さんも見えたよ」

と言ってしまいました。そして、二人で、わんわん泣きました。

渉の目のことであんなに悩んでいたはずなのに。何軒も病院を廻《まわ》って、それでも「絶対に見えるようになることはありません」とどこでも言われて、自分を責めて、二人で

心中することも考えたくらいなのに――見えるようになったんですよ。でも、あんなのが四六時中見えているなら、見えない方がよかったと、思ってしまったんです。

目が覚めてからは、私はそれを見ることはありませんでしたけど、渉の目には常に映っているようでした。嫌がる渉を無理やり別のお医者さんにも見せたんですけど、特に異常はないし、視野も聴力も回復しているしで、

「本当にアッシャーなんでしょうか」

なんて、言われてしまいました。今までの治療や通院歴があるので、疑うとかそういう感じにはならなかったんですけど、母子ともにカウンセリングを受けろとか言われて。でもね、そういうことじゃないでしょう。

このままでは壊れてしまう、一刻も早く何とかしなくてはいけない、と、そう思っていました。そしたら、突然、母が妙な提案をしてきました。

あなたが嫌がると思うから黙っていたんだけど、って。

母は元々月業の人間で、月業と言っても、西の方ですね。今では人がたくさん住んでいますけど、昔は雑木林ばっかり、みたいな土地で。とにかく、母が小さい頃は、病平癒っていうんですか？　そういう祈禱《きとう》だか、おまじないだかがあって、神様にお祈りしていたらしいんです。本当にびっくりするくらい、けろっと治るとか。

私は全然信じられませんでした。だって、母は七十代ですよ。彼女が子供の時って、神代の世とかではありません。当たり前に西洋医学があって――それどころか、高度成

長期と呼ばれるときでしたよ。迷信なんて捨て去られたものだったはずです。それに私は、渉の障害があったから、本当にたくさんの、民間医療と言えば聞こえはいいですが、ニセ科学と出会いました。出会うと言うより、向こうから近寄ってくるんです。アロマオイルとか、変なキノコとか。そういうのに、救いを求めてしまう人がたくさんいますよ。家族が病気だと、なんとかして治したいって思う気持ちは分かります。だから、本当に許せないんです。大嫌いです。卑怯《ひきょう》だと思います。憎んでいます。

私にとって、そういう迷信は、私に近寄ってきたニセ科学と同類のものでした。まあ、私のこの気持ちを分かっているからこそ、母は言い出せなかったみたいです。

「おさら観音というの」

母は言いました。

たまに道を歩いていると、小さな祠《ほこら》みたいなものがあること、ありませんか？　おさら観音というのは、大きなお寺にあるわけじゃなくて、そういう小さい祠みたいなところにちょこんと置かれているんですって。

母の小さい頃、母のお祖母《ばあ》さんが、熱心に祈っていたと。

母が「おさら観音」を信じていたのには根拠があって、母の父——私にとっては祖父は、戦争で、左手の指をほとんど失ってしまっていて、そのことが原因なのか、仕事もうまくいかなくて、常に絶望的な顔をしていたそうなんですが、家族で「おさら観音」に毎日お願いしたら、ふっと気分が軽くなったんですって。それで色々好転して、一念発起して始めた商売が結構成功して。確かに私、何不自由なく育てられました。でも、それって気の持ちようみたいな、指が生えて来たとかではないんだから……と反論したんです。そしたら、

「気の持ちようこそが、一番大切なんじゃないの？」

そうだな、と思いました。だって、医療では、精神科に紹介されてしまうような――幻覚だと判定されてしまうわけで、それって、気の持ちようなのかな、と。

夫は、割合フラットというか、色々なことに理解があるタイプです。こちらを見つけてきてくれたのも彼ですし、「おさら観音」のことを話したら、二つ返事で、じゃあ行こうかって。

結論から言うと、見えなくなりました。

茶色の、気持ち悪いものも、目、自体も。

複雑な気持ちですよ。視野が回復するというのはいいことなはず。でも、変なものまで見えていたら、日常生活は送れない。何より、渉はどう思っているのか。軽々しく良かったとか悪かったとか、解決したとか、私には言えません。

いや、解決は――していないって、はっきり言えますね。していたら、ここには来ていません。

元通りになってすぐに、今度は渉が、変なことをするようになりました。

お皿を割るんです。最初は不注意で割ったのかなと思ったんですが、違いました。

家にあるお皿を庭に投げて割っています。何枚も、何枚も。
やめなさいと言っても、ずっとやるんです。
「そうしないとおさら様が可哀想だから」「お母さん許して、邪魔をしないで」
そんなふうに言って。それ以外のことは、何も話してくれません。
ほとほと困り果ててしまったと言うか、もう、疲れました。
結局、どうしたらよかったんでしょう。
そして、どうしたら、本当に、元に戻れるんでしょうか。
助けてください。

＊

すぐには反応できなかった。
悪夢のようだ。
どうしようもないからと脇に置いた問題が、強制的に目の前に出されてしまった。
月業。茶色で、目が大きいおさら様。「邪魔をするな」。
間違いなく、同じものだ。
私が近付いた分だけ、向こうも私に寄ってきているのかもしれない。
「あ、あの……大丈夫、ですか？」

美晴がおずおずと声をかけてくる。私は慌てて、

「いえ、少し、思い出したことがあったもので」

そう言ってからすぐに後悔する。美晴の顔は光が射したように明るくなった。

「じゃあ、元通りに」

「いえ、そういうことでは……申し訳ありません」

美晴は分かりやすいくらい消沈して、ごめんなさい、と短く呟《つぶや》く。

しばらく気まずい沈黙が流れた後、私は何とか言葉をひねり出した。

「お話は分かりました。ありがとうございます。それでは、もしよろしければ、渉君のお話を伺いたいのですが」

「信じてくれるんですか、なんとかなるんですかっ」

突如、明が声を上げた。見た目からは想像もできないほど太く、大きな声だ。

「あの、信じはしますが……なんとかなるかは」

明は目に涙を浮かべて、私の手を摑《つか》んだ。

「よかった。ここにきてよかった。なんとかなるんですね。ありがとうございます。もう、苦しい思いをさせたくなくて……」

そこまで言って、しゃくり上げながらぼろぼろと泣いた。

いつもの私なら、いや、社会人として、だ。確証もないのに「できる」などとは言わない。言ってはいけない。こういった場合、「きちんとできるかは分かりません」と正

直に言うのが正しく、誠実な態度だ。しかし、私はどうしても、この夫婦にそのようなことは言えなかった。

子供を思う親の姿を見ると、何とも言えない気持ちになる。私が実の両親からは手に入れられなかったものだ。私は何の障害も病気も持っていない。常人よりずっと健康な体を持っている。だから、こんなことを思うこと自体、間違っている。でも、ほんの少し、この子たちが羨《うらや》ましい。

これは良くない感情だ。私はこめかみを強く押さえて、下らない感情を脳から追い出した。

「それでは早速今から、お宅に伺ってもよろしいでしょうか」

夫婦はほぼ同じタイミングで頷《うなず》いた。


縁側に座っていた渉は、私を一目見てすぐ、

「霊能者でしょう。帰ってください」

きっぱりとそう言って、立ち上がり去ろうとする。明が渉の腕を強く摑み、「大事な話だから」と言った。

「大事ってなに？　大事なのは、僕がこれを続けることです。お父さんお母さんごめんなさい、僕が働けるようになったら、絶対にお皿は返すから」

渉はそう言いながら、手元の皿を一枚遠くに放った。地面にぶつかった白い皿は、割

れながらも形を保っている。

渉は大きく溜息《ためいき》を吐いた。

私は彼の肩に手をかけて、

「私はそれをやめさせに来たわけではないですよ」

背後で、森竹夫妻が戸惑いの声を上げている。

「ただ、お話を聞きたいだけです。あなたの」

眉間《みけん》に皺《しわ》を寄せて何も言葉を発さない渉に、さらに声をかける。

「今やっていることについて話したくないのなら、それでも結構です。でも、それまでの話は聞きたい。あなたの目が一瞬、見えるようになった時の話」

渉がびくりと体を震わせた。

「思い出したくありませんか」

「はい。あの時のことは、思い出したくないです」

大人びた子供だと思う。顔を顰《しか》めて唇を震わせながらも、取り乱して口調を崩したりしない。このような子供が嫌がっているのに、これ以上聞くのは酷だ。それでも。

「実は、同じように苦しんでいる子供が何人もいます」

渉が初めてこちらを向き、私を視界に入れたように見えた。

「どういうこと？」

「渉さんと同じように、黒い服の男性の話を聞いた後、病気自体は治りましたが、様子がおかしくなりました」

「本当に……？」

「本当です。少なくとも、数十人の子供たちが。病院は違いますが」

「様子がおかしいって、どんなふうに？」

「どんなふうに、とは」

「その子たちは治っても、辛《つら》いんですか？」

私は頷いた。

「ええ。私に言わせれば、あれは治ったのではなく」

「別のものになった」

私は驚いて渉の顔を見つめた。

「やっぱり、大丈夫なのは僕だけだったんだ……」

渉はそう呟いて、また下を向いた。しばらく待っていると顔を上げて、

「僕が話せることは少ないですよ。分からないので」

「ええ、それでも、私よりは分かるでしょう。どうにか、子供たちを元に戻したいんです。お願いします」

「元に戻す……そうだよね、あんなの、治ったんじゃ、ないもんね……」

渉は頷いた。

「僕、この人と話す。二人きりにして」

夫妻は困惑したような声を出した。しばらく二人で何か話し合った後、

「じゃあ……私たちは居間にいるので」

そう言って、ちらちらとこちらを窺《うかが》いながら襖《ふすま》を開け、去って行った。

「あなたは、見える人ってことですよね。僕が今正常なのも、おかしくなった子供たちが何かそういう、見えないもののせいでおかしい、っていうのも」

二人きりになった途端、渉はそう言った。

「ええ、インチキ臭いかもしれないけれど」

「いいえ、信じます。しかも、あなたは、僕のことも家族のことも騙《だま》そうとしていない。なんとなく、分かります。きっと、僕の話も、分かってくれると思う」

渉はゆっくりと語り出した。

＊

エウラリアは、カトリックのクリスチャンがやってる病院なので、入院してる患者向けの聖書の話とか、賛美歌を歌う時間とか、ありました。お医者さんたちじゃなくて、スタッフの人もクリスチャンの人が多かったですね。クリスチャンの人たちの特徴は、とても良い人ってことです。親切で、優しいことしか言いません。それに励まされる人も多いと思いますよ。僕だって、罵《ののし》られるよりはいいし、優しいことには感謝していま

すけど。ずっと思っていました。この人たちって、結局、苦労とかあんまりしなかったんだろうなって。だってね、外の世界と全然違うんです。やっぱり、僕たちみたいな子供は、普通とは違うので、普通とは違う対応をされます。だから病院に来ると、どっちかというとこっちが嘘の世界で、外の世界の人たちが本当なんだろうなって思います。羨ましいなって。余裕があっていいなあって思います。みんながみんなそういうわけではないと思うし、嫉妬《しっと》なのは分かっていますよ。でも、どうしても。

そんなこと、どうでもいいですよね。つまり、僕はひねくれた性格ってことです。これは僕個人の問題で、病気は関係ないです。エウラリアに通っている他の子たちは皆、僕と違って素直に喜んでたと思います。

カウンセラーの話です。

小児専門のカウンセラーが何人かいて、毎週月曜日と木曜日と日曜日に来てくれてました。みんなで話すこともあったけど、基本的には悩み事がある子の相談に個別に乗る感じで。

僕はこのとおりひねくれた性格なのでほとんど相談することはなかったんですけど、みんなで話したり、ちょっとした外出のときなんかに付いてきてくれたりもしました。

その人の見た目なんか聞かないで下さいよ。見えません。でも、優しい声の人でした。

女の子たちがはしゃいでたから、きっと顔も整っていたんじゃないですか。

普段は病院じゃなくて、教会で働いてるって言ってましたね。もしかしたら神父とか、牧師とかなのかも。黒い服着てたし。

それで、なんかのときに、女の子が死んじゃった話をしていました。その人は見ていたのに何もできなかったらしくて、すごく後悔してるとか。だから、そういう子がいなくなってほしいみたいな。結構ひどい環境の子で、ニュースにもなったらしいんですけど。

僕は詳しくは知りません。両親に聞いた方が分かるかもしれません。僕、死んだ子のことはなるべく忘れるようにしています。だって、辛いじゃないですか。エウラリアの人たちは、子供が死ぬとみんなでお祈りして、いつまでも忘れないよ、天国で見ていてね、みたいなことを言うんですけど、それってしんどくないですか？　僕はもし死んだら、すぐに忘れてほしいな。死んだらそこで終わりで、魂とかもパッと消滅する。天国とか地獄とか、ないですよ。ないと思いたいな。その方が気持ち良いと思うんですけど。ていうか、家族以外の人のこと、なるべく忘れたいなとか思って。覚えてたら、目も耳も完全に駄目になったとき、思い出すことが多くて辛そうだなと。だからそのカウンセラーの名前もよく覚えてなくて。すらっとした男性ってことしか。

ごめんなさい、話戻しますね。

で、その人なんですけど、優しい声だし、良い人だっていうのは分かります。でも雰囲気が、なんか、硬いっていうのかな。他のエウラリアの人とそこが違って。みんなは気付いてなかったと思いますけど、無理してる、疲れてる、そういうのとも違います。話してた女の子のことが忘れられないんだろうなと思いました。僕はひねくれてるので、おいおい、その子の代わりにしないでくれよ、なんて思っていましたね。

あれは日曜日だったと思います。

日曜日は人も多いんですけど、その人がみんなでお話しするよみたいなこと言って、それ自体はいつものことだったんですけど、集まったら、部屋の中が暗いんですね。

「灯《あか》り点《つ》けないんですか」

って聞いたら、それには答えないで、もっと中心に集まるように座って、と促しました。

「みんなは、辛いって思ったことはあるかな」

突然何を言うのか、と思いました。すごく腹が立ちましたね。毎日辛いに決まっているでしょう。カウンセラーなんだからそれくらい分かるはずです。

でもね、僕以外の子って本当にいい子だから、「ないよ」とか言うんですよ。もういよいよ腹が立って、だって、小さい子に、なんでそんなことをって。

でも僕がムカつく、と言う前に、

「沢山あるよね。嫌なことばっかりだよね」

そんなふうに言いました。これはこれで、どうかと思いますよね。共感を示すにしても、そんな言い方はないだろうと。

僕はその時点でその人のことが大嫌いになっていたんですけど、不思議なことに、他の子たちにそんな雰囲気はなくて、なんとなく感動しているような感じでした。あくまで想像ですけど。

「辛いとか、苦しいとか、言っていいんだよ。君たちは理不尽に怒っていいんだ」

ぱさり、と音がしました。布が床に落ちる音です。

多分、手ですね。手をこっち側に向けていたと思います。

そのとき、何かが無理やり頭に入ってくるみたいに、すごい痛みが一瞬あって。それが終わると、気付いたんです。目が見えてるんですよ。静かな音ってわかりますか？　静かな健聴者の人は意識したことがあまりないから分からないかもしれないんですけど、静かな部屋でスーみたいな音がしますよね。あれ、空気の流れとか、換気扇の音とからしいんですけど、そういうのが聞こえたのも初めてで、本当に意味が分からなかったんですよ。でも、それ以上に、怖くて。だって、はっきり見えるんですよ。茶色の、腐った猫みたいなものが、僕の目にぎゅううって詰まってるんです。気が狂ったわけじゃないですよ。それで、周りの子の目にも、詰まってるんですよ。

僕は大声で叫んだと思います。今すぐここから出ないと、多分この腐った猫みたいなのに食われるって思いました。部屋の鍵《かぎ》は開いていたので、飛び出して、おばあちゃんの手を引いて、逃げました。視界が開けているとこんなに動けるんだって思ったけど、少しも嬉《うれ》しくなかったです。ただ、怖くて。

それでね、家に帰るまでも、帰ってからも、頭の中が腐った猫みたいなやつで埋められてるんですよ。「ほほほ」みたいな気持ち悪い、笑い声なのか鳴き声なのか分かんないですけど、そういう声がずっと聞こえて、布団を被《かぶ》って、いなくなれってずっと思ってました。

それで、もうそれからしばらくは、ずっとそいつとの戦いです。眠ってても、起きてても、そいつが入ってこようとするんです。お母さんも同じもの見たみたいですね。

それが出て行ったのは、おさら様の力です。

おばあちゃんと一緒におさら観音まで行って、みんなで手を合わせました。僕は宗教というか、神様にお願いをするってこと自体バカバカしいと思っていたくらいですけど、もうそのときは必死で、とにかく消してくださいってお祈りしました。

効果は、その日の夜、すぐに現れました。

夢にね、小さな女の子が出てきて、優しい声で言いました。

「大丈夫。一緒に頑張りましょうね」

なんだか、泣けてきてしまって。

エウラリアにいる優しい人たちにも同じ言葉をかけてもらったことはあります。だけど全然違うものに思えました。余裕のある人の上から投げかけられる言葉じゃないんです。その女の子は言葉どおり、僕と一緒に頑張ってくれるんだなと、素直に思えたんです。幸せな夢でした。

目が覚めた時、腐った猫の量が減っていました。それで、その分、見えなくなってました。

僕の病気、アッシャー症候群って、盲目っていうわけじゃなくて、網膜色素変性というもので、進行すると段々、見える範囲が狭くなっていくんですよ。まさにそういう感じで、視界がぱあっと開けていたのが、また狭くなった感じでした。

その日から毎晩、優しい夢の繰り返しです。

夢の中で女の子は、おまじないを教えてくれました。

お皿を投げて、割るんです。何枚も、何枚も。お願い事をするんだよと言われました。

僕の願いは、腐った猫みたいなやつに出て行ってもらうことです。

お皿を投げて割るたびに、それの量が減って、僕の視界が欠ける。その繰り返しでした。

女の子は苦しそうでした。夢の中にも腐った猫みたいなのがいて、しかも夢の中だと、手がたくさん生えていて、なんだか目もぐりぐりしてて大きいんです。女の子はそれに纏《まと》わりつかれているのに、僕には笑顔のまま、頑張ろうねって言うんです。

それでね、最後の日、最後の一匹になった時、もうそれになってしまった女の子が声だけで「ごめんね」って言って、それで終わりです。

もう夢は見ませんし、僕の目はまた、ほとんど見えなくなりました。

このことについて可哀想とか思わないで下さい。僕はこれでいいんです。お父さんもお母さんも、家族はみんな優しいし、僕って恵まれています。将来的に目も耳も駄目になっても、何かできるように今から頑張っていますし、僕はそれが嫌なこととか思いたくないです。

僕が気になっているのはあの女の子です。

おさら観音、おさら様です。優しい子でした。多分、僕の代わりになっちゃったんですよ。

だから、今、夢でやっていたように、あの子があの腐った猫みたいなやつから逃げられるように、お願いしながらお皿を割ってるんです。意味ないかもしれないけど。

＊

ありがとうございます、と言いながら、私は思い出したことがあった。

かわらけ投げだ。

かわらけ投げとは、願い事をしながら、高い場所から皿を投げるというまじないのようなものだ。諸説あるが、武将が戦の必勝を祈願して盃《さかずき》を地面に投げつけてから出陣したことが起源だという。江戸時代には、かわらけ投げは庶民の娯楽となり、祭りのときなどに行われていた。現在は全国に広まっているが、発祥地は京都市の神護寺《じんごじ》らしい。

このあたりにもその風習が残っているとしても不思議ではない。ひょっとして、あの伝承に出てきた幸光禅師と一緒に埋まった皿も、願いを込めた皿なのかもしれない。

「何か、分かりましたか？」

「いいえ……しかし、私が思うにですね」

私は色々考える。目の前の純粋で真っすぐで、とても賢い少年になんと言ったら誠実なのか。彼は私を信頼して話してくれたのだ。嘘を吐きたくない。しかし、私が考えていることは間違いなく彼の気分を害する。

考えても何も思いつかず、結局正直に伝えることにした。

「マッチポンプ、ではないかと」

「マッチポンプ……？」

マッチポンプとは、自分で起こした争いを自分で解決し、その手柄を得る行為だ。そう説明すると、渉はマッチポンプくらい知ってるけど、と言う。

「何が言いたいんですか？」

「怒らないで聞いてください。一番合理的というか、私だったらそうする、という話なんです。おさら様は、忘れ去られかけていた土着の神様なんですよね。常に、信仰や祈りを必要としていたはずです。でも、勿論《もちろん》今や祈りに来るものなどほとんどいないし、信仰を集めるためのご利益を与える力も残っていない。そうなってくると、例えばその、腐った猫のようなものをわざと子供たちに入れて、頃合いを見計らって抜いて、病気が治ったように見せかければ」

私はそこまでしか言えなかった。硬いものが唇に当たってから地面に落ちて割れる。小さな皿だ。渉が私に当たるように放ったのは明らかだった。血は出ていないようだが、じんじんと痛む。

「帰れよ」

先程までの丁寧な口調はなくなっていた。顔を強張《こわば》らせて、冷たい声で言う。

「怒らないで聞くなんて、無理なんだよ。何も知らないくせに」

「いえその……渉さんを否定するわけではなく、あくまで合理的に」

「気安く呼ぶんじゃねぇよ。何が合理的だ。あの子の、優しい気持ちを、お前」

渉は立ち上がり、恐らく私のことを殴ったり蹴《け》ったりするつもりだったのだろう、しかし、何かに蹴躓《けつまず》いて、ころんだ。

しゃくり上げるような声。渉は、時折洟《はな》を啜《すす》りながら、ぐちゃぐちゃの顔で泣いている。

「この体が嫌だ」

二回、三回、と何度も渉は拳《こぶし》を床に叩《たた》きつけた。

「悔しい。何もできない。あの子にひどいこと言ったバカを殴ることもできないんだよ」

何と言葉をかけようか迷っていると、襖《ふすま》が開いた。

美晴が駆け込んできて、

「どうしたの？　転ばされたのっ」

そう言って私を睨《にら》みつけた。

「違うっ」

渉が怒鳴った。

「僕が転んだんです。僕が走って、転んだ。転ぶことくらい一人でできる」

そう言って、また渉は床に突っ伏してわあわあと泣いた。

美晴が口を開く前に、

「ちょっと……」

襖の陰に、渉の祖母らしき女性がいて、手招きをしている。私が首を傾げると、

「佐々木さん、もうお帰りだそうだから、私が送っていくわね」

彼女はそう言って、私の服の裾《すそ》を引いた。私も「お邪魔いたしました」と言って、なるべく渉の方を見ないようにしながら、彼女について行く。

森竹家を出てしばらく歩く。彼女が向かう方向にただついて行っているだけで、どこへ向かっているのかと口を挟んでいいものとも思えなかった。ただ、最寄り駅とは逆の方向だ。

「佐々木さん、私が今から行こうとしているところ、分かる？」

五分ほど経ってから、彼女が口を開いた。

「ええと、おばあさまか……」

「咲子《さきこ》と呼んでください」

「すみません。咲子さんが仰《おっしゃ》っていた、おさら観音の場所では」

「そうです」

ほとんど人の通っていない住宅街の途中で、咲子はぴたりと足を止めた。

「ここです」

小さな祠《ほこら》だった。言われなければ素通りしてしまうだろう。寺などで見る観音像とは全く違う。まるで、

「小さな女の子みたいでしょう」

咲子が私の内心を代弁するかのように言った。

「この辺りにはね、昔、私のおばあちゃんが小さい女の子くらいのときから、お寺があったのよ。戦争で焼けてしまったみたいだけれどね」

咲子はこっちへ来て、と手招きして、しゃがみ込んだ。

「おばあちゃんに聞いた話だと、そこでは、素焼きの皿を投げて願掛けをしていたんですって」

「なるほど、だからおさら観音。しかし、焼けてしまったと仰いましたが、それは月業寺のことなのでは？」

「違う。全然違うものよ。あそこは、小さくても由緒正しいお寺でしょう。あなた、月業寺の歴史は知っている？」

「左衛門という修験者の話なら……」

「そう、知っているのね。なら分かるでしょう。あそこは今ではあんなナリだけれど、昔は観音様が顕現した場所だから、遠くから修験者や、偉い人が参拝するようなお寺だったのよ。ここは違う。きっと、そちらの観音様に肖《あやか》って――ちょうど名前にも『さら』があるし、ということで、庶民が作ったものよ。さっき寺と言ったけれど、お坊さ

んがいたわけではないみたいだしね。だから、寺もどきね。寺もどきに、観音もどきがいたのよ」

「そんな言い方は……実際、渉さんは、助けられたのでは」

「そう。渉も、私の父も、他にもたくさん、そのもどきに救われた。別に、本物だから素晴らしいということはないでしょう？」

咲子の言葉に何も言い返せない。その通りだ。

「一体いつからあるのかは分からないけれど、小さいけれど温かい、そういうものだったの。私たちをいつも見守ってくださっている。でもね、何故か分からないけど、何十年かに一回、すごいことが起こるの」

「すごいこと、とは？」

「郷土史をまとめている人のところへ行けば詳しく書いてあるかもね。でも、私が知っているのは二つだけ。一つは、江戸時代。この辺りには人工の土手のようなものが作られていて、庶民たちは日の出や月見を楽しんだ。あるとき、ものすごく大きな月が出て、それを見物しようと土手に大勢が押しかけて、将棋倒しが起こった。地獄絵図だったそうよ。何人も死んだと思ったけれど、誰からともなくおさら様の御詠歌を歌ったら、奇跡的に誰も死ななかった。もう一つは戦争中。大きな月が出ている、夜でもはっきりとものが見える日だった。でもそれ以上に眩《まぶ》しいのは、焼夷弾《しょういだん》の燃えるような赤だった。空襲があって、みんなこのあたりに掘ってあった大きな防空壕《ぼうくうごう》に詰めかけた。大きいと言っても、全員が入るような大きさではなかったらしいわ。寺もどきはそれで焼けて、防空壕にも火が回ってしまったけれど、なぜかそこに集まった人たちは誰も死ななかった。手を繋《つな》いで御詠歌を歌っていたからだそうよ。この二つの話を聞いて、どう思う？」

私は少し考えて、

「神に祈りが届いて救われたという、ごく普通の話に思われますが」

「そうね。そういう、普通の、奇跡の話よ。でもね私は、神様だと思えないの」

「どうして？」

「おさら様が奇跡を起こすのは、大きな月の出ている日。それで、御詠歌を大勢で歌うと、助けてくれる。それって神様とは違うと思うの。神様って、こちらを見ている存在でしょう。そんなに人間に都合がいい存在ではないと思う」

「それは、個人の考え方の問題だと思いますが」

咲子は私の言葉をまるきり無視して続ける。

「それにね、人がたくさん死にそうになるときだけやってくるの。なんだかそれって……私は、怖いと思う。不自然で。私は、誰かが悪用しても、おかしくないと思う。悪用って言い方は変ですね。善意から、利用……といったらいいかしら。例えば、死にそうな子供たちを集めたら、どうなると思う？　奇跡が起こって、それでまた、おさら様は大きくなるかもしれない。それが、怖いの。渉に何かしたカウンセラーは、きっとそんなこと、何も考えないでやっていると思う。病気の子たちがよくなればいい、そういう気持ちで。それでも」

咲子は言葉を詰まらせた。肩で息をしてから、また口を開く。

「私の父はね、理容師だったの。でも、戦争から帰ってきて、左手の指がほとんど吹き飛ばされていて。仕事ができなくなったのは指を失くしたせいだけじゃないわ。心の問題が大きかった。目の前で、自分を庇《かば》って、友達の頭が吹き飛んでいったんだと、そう言ってた。私はずいぶん遅く生まれた子供で、幼かった。彼の苦労を理解はできなかったけど、ずっと思い悩んでいるのは分かった。いつも、暗い顔をしていた。でも、おさら様にお祈りしたら、別の人みたいになって」

「別の人……」

私は思い出す。病気が治り、別人のようになった子供たちを。

「私の父の場合はそれでよかったのかもしれない。事業は上手《うま》くいって、私もずっと幸せだった。それに、ただ、前向きになっただけという可能性もあるから。でも、子供たちの、渉の、一生治せないはずの病気まで治るなんて、異常だわ。あまりにも、逸脱している。不自然で、おかしい」

「咲子さんは何が言いたいのですか」

「何も言いたくないわ。ただ、その、おさら様を大きくしようとしている人を、止めたい。恐ろしいものだと、気付いてほしい」

咲子はどこか遠くを見ているようだった。

咲子の話は理解できるような、理解できないようなものだ。つまるところ、宗教観の話である気がする。宗教を持たない私が完全に受け取ることは難しい。

一つだけはっきりしているのは、咲子はおさら様の力でこうなっていることは良くないことだと思っているということだ。それは私と同じだ。

「つまり、止めたい、ということですよね。しかし、残念ながら、方法が分かりません」

咲子は私の言葉など、やはり聞いていない。ぼうっとした顔のまま、

「月の対になるのは太陽。理科の話だと、月が輝いているのは太陽に照らされているからなんでしょうけど、それとは違う。『照る月』と『渡る日』が対になっている。そういうものなの」

「そうですね。万葉集でもそのような描写があります。本来、天空で地上を照らす存在は月で、太陽とは東から西に天空を渡る存在でした。神道における最高神であるアマテラスは太陽神ということになっていますが元々は」

「そういう話はいいのよ」

恥ずかしくなって口を噤《つぐ》む。私はいつもこうだ。青山君が止めてくれないと、こうしてベラベラと自分の話したいことを話し続けてしまう。

「月の効果を抑えることができるのは太陽だけかもしれない。これを見て」

手渡されたのは古びたノートだった。表紙に何か書かれているが、達筆すぎてすぐには読めない。老人の字だと感じた。

ここ、と言われたページを見る。そこにもまた、達筆な字で何かが書いてある。しばらく見ていると、気付いた。これは歌だ。子供たちが歌うようになった、お皿様の歌。全てひらがなで書かれているが、住職に見せてもらった九日會式の歌と同じものだ。

「御詠歌よ」

「そのようですね。でも、これは……」

そのページは左側の一部分が切り取られている。線も真っすぐで、鋏《はさみ》などで意図的に切り取られたことが分かる。

「これは、祖母が亡くなったときに見付けたの。一体いつから使われていたものなのか、分からない。でも、私は祖母から聞いたことがある。おさら様にお願いするときは、必ずこの、上の部分を歌うんだって。下の部分を歌ったら効果がなくなるって……気付いたら、切られていた。さっと、祖母が切り取ってしまったんだと思う。父のことを本当に、本当に、私の母以上に心配して、熱心に。今でも覚えている。毎晩月が出ると、この前で大声で歌っていたから。実はね、すぐに分かったの。渉が話しているのが、おさら様のことだって。渉、気付いていなかったけど、寝ているとき、魘《うな》されながらこれを歌っていた。だから、おさら様にお願いしに行きましょう、と私は言ったの」

「そんな、だって、お孫さんを苦しめているものに、わざわざ近付きに行くなんて……」

「結果はどうなった？　正解だったでしょう。私はね、心の中でお願いしたの。どうか、渉を苦しめないで下さい。毎日私が祈ります。私の命だってあげます、だからどうか、出て行ってください、とお願いしたの。だから、叶《かな》えられたでしょう」

「つまり、本当に」

「ええ、本当だった。それは出て行った。でも、渉は御皿を投げるようになった……昔、この辺りの人がやっていたみたいに。ぞっとした。こうやって、祈りの力を集めているんだ、って。あなたの言った通り、マッチポンプですね。月で力を増しているわけだから、渉を隠したいと思った。でも月の光は避けようがないし、渉に月の光を浴びないようになんて言ったら、娘にも、信じられないような目で見られた。あなたの——霊能者のところに相談しに行ったくせに、いまいち、目に見えないもののことが信じられないんでしょうね」

「それは仕方のないことです。私は、一応そういったことで商売をさせていただいておりますが、私自身どういった仕組みで何が起こっているのか分かりません。例えば、私には、悪霊に取りつかれているように見える人がいて、私がそれを祓《はら》っても、その人には見えないから、単に休んだら具合が良くなったのだと思うかもしれない。証明ができませんから、インチキだと思われても仕方がない」

「私はインチキだなんて思わない。私もね、小さい頃、おさら様を見たのよ」

私がそうなんですか、と相槌《あいづち》を打つと、咲子は頷《うなず》いた。

「渉が言っていた通りよ。可愛い女の子だった。私が見たのは昼間。親に叱られて、家を飛び出して、この辺りで泣きべそをかいていたら、肩を叩《たた》かれたの。見上げたら、とても綺麗《きれい》な花が咲いていた。女の子は私に『綺麗だね』って声をかけてから、ふっと消えた。私にとって、神様って、そういうものなの」

「なるほど……」

それは本当に良い思い出だったのだろう。咲子は幸せそうに微笑んでいた。しかし、その微笑みは瞬く間に消え失《う》せた。元のぼうっとした顔に戻って咲子は言う。

「悪いものではないの。でも、悪くなってしまったの。そうでもしないと、消えかけていたんだと思う。私だって、こんなことがあるまで、忘れていた。薄情よね。家族を救われたのに。だから、もし――あなたができるなら、なんとかしてあげてほしい。切り取られたところに書いてあった『渡る日』の歌、うろ覚えだけど、歌える。どうにかそれで、おさら様を、元に戻してあげて。一緒にお花を見て、綺麗だねって言うだけの、そういう子に。もう私ではどうにもならないの。あの日から毎日毎日ここに来てる。でも、何も変わらないの。むしろ、沢山お祈りしたから、もっと悪くしてしまったかもしれない。信じたくないけど、結局、私も渉も、おさら様に祈っているもの。私たちだけじゃなくて、あなたの話だと、病気の子たちも、そうなのよね。きっと、おさら様は、自分でも何をやっているか分からなくなっちゃっているんだと思う。もどきだから――それは、あんまり関係がないかしら。誰かが止めてあげないとダメなの。私にはできないから」

咲子は鞄《かばん》の底から厚みのある封筒を取り出し、私の手に押し付けた。

「こんな、まだ何もしていないのに戴《いただ》けません」

「私からの依頼よ。依頼するのだから、お金は必要でしょう」

私が無理やり咲子の手を引きはがすと、封筒は地面に落ちる。咲子はそれを拾い上げて、溜息《ためいき》を吐いた。

「お願い。少しでも可能性があるなら。これは渉のためでもあるけど、この子のためでもある」

咲子は私の目を真っすぐに見据えて、再び封筒を差し出してきた。

「あ」

思わず声を上げる。白い封筒に鉛筆で何やら書き込まれているのだ。

『渡る日の清き光を心にて濁る吾身《わがみ》も住みよかりけり』

封筒から顔を上げると、咲子は今にも落涙しそうなくらい目を潤ませていた。

「どうか救ってあげて。あなたは、私の話も、渉の話も、馬鹿にしない。かといって、全部肯定して、うまいこと金をとろうみたいな悪意も感じられない。だから、信じられると思った。家族を救ってくれたこれを、元に戻してあげたいんです。お願いします」

私は封筒を受け取った。咲子は泣き出しそうな顔のまま、何度もありがとうと言った。

第四章　十三夜

1

月の光の影響。そういうふうには考えなかった。おさら様に影響された人間が月を好むようになり、月に向かって祈るだけだと、そう思っていた。lunatic という英単語がある。狂人という意味だ。かつて西欧で月《luna》は人間を狂わせると考えられていたためだという。日本でも、スピリチュアルに傾倒した人などが、月のせいでメンタルがどうこう、と言ったりするのを聞いたことがある。だから私はどこかで、意識的に除外していたのかもしれない。いかにもインチキ臭い、と思って。笑ってしまう。そもそも、私のやっていることだって、インチキ臭いものなのに。

関西弁の霊能者が礼音に行ったのも、アプローチは合っている。中に入ったものを封じ込めてしまったのは正解とは言えないが、覆うことは正しい。

とにかく、最優先は、唯香のこと、それと、おさら様本体のことだ。慈善事業ではない。お金をもらった人と、知り合いからの依頼を優先的に片付ける。他の子供のことは、後でどうにかすればいい。

既に辺りは薄暗くなっている。

「泉さん」

「なんだい」

ワンコールで電話に出た彼は、声から疲れた様子が感じ取れる。しかし、一刻も早く伝えないといけない。

泉さんは私が話し始める前に、

「あっ、そうだ、ちょっと言い忘れてた、るみちゃんに言っておこうとしたことが」

「すみません。先に話させてください。早急のことです。残念ながら、未《いま》だに大元を叩くには至っていません。それでも、どうすればいいかは分かりました。お忙しい所申し訳ありませんが、すぐに実行に移していただきたく」

私は魔《ま》除《よ》けの札のデータをメールで送った。

「唯香さんをどうにかして部屋に閉じ込めて、この札を外から貼ってください。非人道的かもしれませんが、唯香さんを何かで覆うか包《くる》むかして、その上からもお願いします。絶対に月の光を浴びさせてはいけません」

「どうしてとか、そういうことは聞かないようにするね。分かったよ」

「今からそちらへ向かいますので。泉さんのオフィスでよろしいでしょうか」

「いま、〈アントルメ世田谷〉にいるんだ。唯香ちゃんも一緒。今日はもうすぐ閉店だから、なんとかするよ。るみちゃんが着くまで、待ってる」

私は「分かりました」と短く言って電話を切った。

これで、とりあえずは大丈夫なはずだ。月祭りはもうあと三日後に迫っている。

まだ完全に日は落ち切っていないのに、大きな月が肉眼で見える。曇っていることが救いではある。

月自体を相手にしているわけではない。それでも、背面の月を見て、こんな大きなものと対峙《たいじ》しなければいけないのかと思う。

それに、私はまだ、自信がない。一回、明確に失敗しているからだ。

確かに押し入れを開けた。しかしそれが入る前に、私は気を失ってしまったのだ。

あの時と今で違うことは、おさら様のことを知った、ということくらいか。知ったとは言えないかもしれないが、あの時よりは確実に。御詠歌の続きも知った。しかし、咲子の言っていたことはあくまで憶測だ。それでも、信じることが大事だ。プラセボ効果というものがある。最初からできないと思って取り掛かってはいけない。

どの神も信じていないのに、私は祈るような気持ちで道を急ぐ。

大きな赤い看板が見える場所まで来たところで、前方から泉さんが駆け寄ってくる。

「泉さん」

「る、るるっ、るみちゃん！」

泉さんは大声で怒鳴った。

「連れ去られたっ」

さらにその後ろから、桃子が現れる。顔からは色が失われ、唇を震わせている。

「どうしよう、私のせいだ、私の……」

「そんな、桃子さんのせいじゃないよ、あ、あれは」

「いいですから」

私は思わずきつい口調で怒鳴った。

「そんなやり取りをする暇があるのなら、どういうことか説明をしてください」

泉さんはちらりと桃子の方を見てから、

「一瞬の……ことだった。ケーキが売り切れて、イートインスペースからも人がはけたから、立ち上がったんだ。それまでは、ずっと大人しく座ってたんだけど、唯香ちゃんは桃子さんがカウンターから顔を出した途端、よちよちと桃子さんのところに行った。不思議だったよ。だって、僕、るみちゃんの言う通り、足だけは出るようにしたけど、唯香ちゃんに大きな布を被《かぶ》せてたから。上から札のコピーも貼って。周囲の人にヤバいと思われないように、さらにその上から僕の上着を着せていたんだけど、とにかくそれでも、見えているんだな、それとも、親子だから分かるのかな、なんて間抜けたことを考えていた。そしたら、裏口が、開いて」

桃子がうう、と呻《うめ》き声を漏らした。

「目をぎらぎらさせてる女性がいた。それで、本当に一瞬で、唯香ちゃんは抱え込まれるようにして、連れ去られてしまった。捕まえようとしたけど転んじゃって」

「ゆうくんママです！」

桃子が叫んだ。

「ゆうくんママでした」

その後は言葉にならないようで、桃子は意味の通じない言葉を涙ながらに訴えた。それを泉さんが優しく宥《なだ》めている。私は二人を無視して、走り出した。

「ちょ、ちょっとどこ行くの！」

「バスに乗るんですよ。行くところなら塩沢さんのご自宅しかないでしょう」

すると、桃子が走ってついてくる。

「私も行きます」

涙と鼻水で化粧は落ち、窶《やつ》れていたが、彼女は変わらず『美人』だった。この人が付いてきても、里佳子の機嫌を損ねるだけで良いことはないかもしれない。それでも、付いてくるなとは言えなかった。

私は何も言わず頷《うなず》く。

「僕も後で行くから！」

泉さんが背後でそう言っているのが聞こえた。

里佳子の家に行くバスに揺られていると、

「あっ」

桃子が突然声を上げた。そして降車ボタンを押す。

「何をやってるんですか、まだ……」

「ゆうくんママ、いたっ」

街灯の少ない道で、私には何も見えなかった。直後、バスが停まると、桃子は勢いよく駆け出していく。私も慌てて後を追った。

「ゆうくんママ！」

暗い道に桃子の高い声が響く。ゆらり、と影が動いた。

「ねえ、そうやって呼ぶなって言ったよね」

何の感情も籠《こも》らない声で里佳子は言った。右手で大きな袋のようなものを引き摺《ず》っている。あの中に唯香はいるのだろう。

「ムカつくんだよね、ほんと。ウチって裕の付属品なの？　前さ、あんたにこの話したら、あんた、『うん、そうだよね、そんなのおかしいよね』とか言ってたけど、やっぱ、なんも分かってないよね。あんたってホント」

「そんなの、どうでもいいでしょっ」

桃子が声を張り上げた。里佳子の側までかけ寄って、袋を握っている方の手を強く引っ張った。里佳子も袋を返すまいと手を振り回し、それが当たって桃子は尻《しり》もちをついた。倒れた桃子に里佳子が追い打ちをかけるように蹴《け》りを入れた。桃子の口からくぐもった呻き声が漏れる。

私は地面を蹴って二人に近付く。すると里佳子は、

「近付かないで」

そう言って、袋に光るものを当てた。果物ナイフだ。

「どうして、そんなことを」

「聞いたんだ、あの人に。あんたたちが、裕を、みんなを、元に戻そうとしてるって。なんで、勝手なことするの。ウチは、このままでいい。裕が歩けて、話せて、それで」

あの人。きっと、金髪で、優しい顔をしていて――きっと、彼だ。どうして、そんな――ぐるぐるとまとまらない思考が、桃子の叫び声で飛び散った。

「それだけじゃない！」

桃子は目を大きく見開いて、

「そんな、そんなっ、それだけじゃない。歩けて、話して、だけど、それは裕くんじゃ」

「それだけ？　ははは」

里佳子は大口を開けて笑う。それでも、ナイフはしっかりと握っていて、付け入る隙がない。

「あんたにはそれだけのことなんだろうね。ウチにとっては違うんだよ」

里佳子は立ち上がり、ナイフを袋に食い込ませたまま私を押しのけて、桃子に詰め寄った。

「裕はさ、どれもできなかったんだよ。動くのも、喋《しゃべ》るのも、歌うのも。食事だって一人じゃうまくできない。あんただって知ってるでしょ。唯香ちゃんと一緒に絵を描いてる時だって、裕はどうやってクレヨン握ってたか覚えてないの？　あんたとあんたの娘がお絵描き上手だねって言うたびに、ムカついてた。死ねばいいと思ったよ。心臓弱いんだって。でも、だから何？　全然普通に見える。あんたに似て可愛いし、この子は普通の人生を、普通に送るんだろうなって思った。ウチはずっとあのまま。車椅子に乗ってて、手が不自由で、食べるときはずっとそばに居なきゃいけなかったんだ。話したでしょ。妊娠中に病気して、裕がこうなったのはお前の責任だって言われて、捨てられた。慰謝料は払われたけど、取り返しに来てる。信じられないよね。毎日びくびくして、親にも、兄弟にも、あんたにも金、借りて。何度死にたいと思ったか分かる？」

「わ、私、ごめん……」

「謝るなよ」

里佳子は血走った目で桃子を睨《にら》み、うすく笑った。

「だからね、そういうとこなんだよ。あんた、何も悪くないよ。分かってるよ。でもね、あんたの存在が、ウチを傷付けるの。あんたも、あんたの娘も、死んでほしい」

にわかに雲が晴れて、辺りが明るくなる。月だ。大きな月が、町全体を照らしている。

里佳子は引きずっていた袋を強引に開ける。中から、滅茶苦茶《めちゃくちゃ》に札が貼られた唯香らしき体がごろりと出てきた。里佳子は、一枚、また一枚とお札をはぎ取っていく。

「やめてっ」

桃子が摑《つか》みかかる。里佳子はその桃子の腹を思い切り蹴り飛ばした。

「ムカつく。ほんとにムカつく。その弱々しい、被害者みたいな、声。そういうので男が……違うね、みんなだね。みんな、あんたの方ばっかり見てる。ウチは、誰にも……」

「俺はあなたの方が魅力的だと思うな」

低く、耳心地の好《よ》い声だった。ずっと聞いていたいと思うような。

息が止まるほど美しい。

今この時だけは、煌々《こうこう》と輝く月も彼の添え物でしかなかった。

「ねえ、離してあげてよ」

里佳子の腕が力なく落ち、ナイフが地面に転がって、高い音を立てた。同時に、唯香の体も投げ出される。桃子が駆け寄って、二度と離すまいとでもいうふうに、全身で覆いかぶさった。

里佳子はしばらく口を開いたり閉じたりしてから、絞り出すような声で、

「そんなわけない」

「そんなわけあるよ」

敏彦は笑顔で答えた。人を超越して美しい者にしかできない、凶悪な微笑みだった。

「苦しみは糧だよ。人生、捻《ね》じれていて、しなくてもいい苦労があった方が、面白いよ」

美しい形の唇は、人を誑《たぶら》かすためについている。

「確かにその女性は美人だね。愛されるタイプだと思う。でもそれだけだ。他の人の顔立ちって、俺にとってはほとんど差がないんだ。頑張りとか、そういうのも、どうでもいいかな。それより、中身が面白い方がいいな。優しくて真面目なのより、ごちゃごちゃして濁ってる方がいいよ」

里佳子の目が潤み、熱を持っている。

ふと、どたどたと重い足音と、荒い呼吸音が聞こえた。泉さんだ。泉さんはぜえぜえと言いながら私の脇を通り抜けて、桃子の肩を抱いて立たせた。

里佳子が桃子のことを視線で追う前に、敏彦が彼女の顔に両手で触れ、自分の方を向かせた。

「俺の話、聞いてる?」

「い、いや、急に、誰っ……」

「聞いて、ちゃんと」

おさら様が真っ先に敏彦を消そうとしたのが分かる。美しいことはそれだけで人の心を集めてしまう。里佳子が桃子に嫉妬《しっと》していたのもそれが原因のひとつではあるが、彼の場合は、関心を集める、どころか、最早《もはや》信仰を生み出していると言ってもいい。敏彦の言っていることには何も正当性がなく、意味もない。それでも、かけられた方は、何か特別な言葉だと思ってしまう。素晴らしく、正しく、それを信じてしまう。なにもあたえず、うばっていくもの。それが正しいかどうかは分からない。しかし、このような存在は邪魔でしかないだろう。信者を奪われてしまう。

「ちょっと、るみちゃん」

泉さんに肩を叩《たた》かれてハッとする。

「君までぼうっと見惚《みと》れてる場合じゃないでしょ。さっき伝えようとしてたのはこれ。敏彦君、病院から抜け出してきたから、僕と一緒に来てもらったんだ。って、そんなことどうでもいいや、彼が気を引いててくれてるんだから、早く」

私は頷《うなず》いた。背後では、敏彦が美しい声で夢のような内容を囁《ささや》き続けている。

彼はああして、自分のできることをしに来てくれたのだから、私も自分のできることをしなくてはいけない。私にできるのは、あれを押し入れに入れることだ。

できる気がした。

あれは万能ではない。青山君と子供たちの力を借りて、なんとかこちらの世界に干渉しようとしてきている。敏彦を排除しようとした。しかし入院していたはずの彼は復調している。信仰が集まり切っていないのか、あるいは、元々の力が弱すぎて、子供たちを操っているとキャパシティを越えて、他のことまで手が回らなくなるのか。

階段を三階分駆け上がり、上がってすぐの扉を開く。鍵《かぎ》はかかっていない。

扉を開けた瞬間、噎《む》せ返るようなアルデヒド臭と、饐《す》えた臭いが鼻を襲う。目まで滲《し》みるようだがそれを気にしている場合ではない。

「おさら様」

呼びかけてみても姿はない。視界の端でもぞもぞと動くものがあるが、これは違う。裕だ。これは、操られている人形のようなものだ。

気配を感じる。

「おさら様」

気配はどんどん濃くなって、つま先から頭まで痺《しび》れるようだ。あの小さな祠《ほこら》にいた小さなものは、抵抗している。心が痛む。

昔から人と共にあり、見守ってきたこれを、このように歪《ゆが》ませたのは人間《青山君》だからだ。

小さな子供の姿が見える。弱々しく、消えかけの蠟燭《ろうそく》のような仄《ほの》かな光を放っている。

終わらせてあげなくてはいけない。

ご利益などなくていい。

おさら様はここにいて、ただ見守っているだけでよかったのだ。

「渡る日の清き光を心にて濁る吾身《わがみ》も住みよかりけり」

太い木の枝が折れるような音がして、それは終わった。私は押し入れを開け、それを閉じ込める。

頬が濡《ぬ》れた。こんなことをしたくはなかった。でも私には、このやり方しかできなかった。袖口《そでぐち》で拭《ぬぐ》ってから、黒い毛布を剝《は》ぎ取る。これで終わったのだから、裕を病院へ連れて行かなくてはいけない。元通りにはならなくても、きっと、里佳子とこの子は、前を向ける。そう信じたい。

「ありがとう」

穏やかな声だった。それなのに、なぜ、総毛立つほど居心地が悪いのか。

そこにいるのは裕のはずだったのだ。弱った、麻痺《まひ》のある子供。

「なかなかしぶとくて。こういう言い方は失礼かもしれないな。しかし、苦労させられた。あなたの助けがあってよかった。どうもありがとう、消してくれて」

男は上半身を起こした。私の目が、彼の目を捉《とら》えた。

その瞬間、体の自由が利かなくなる。

「正直、俺には見えないんです。何が起こったのか。あなたのように特殊な力を持っているわけではないから。でも、分かるんだ。脳の奥の奥で、今、あれが消えたということが。あなたが消してくれた。だからあなたに恨みはない。感謝したいくらいだよ。でもきっと、あなたは俺を邪魔しようとしているんですよね？」

全身の毛穴から汗が噴き出す。私は右手で左手を、左手で右手を固めるように握っている。そうでもしないと、両目を穿《うが》って、捨ててしまいたいのだ。そうするしかないように思える。

「二度と邪魔をしないのなら、あなたにも極楽を見せてあげたい。そうするのが正しいんだ。これの願いは、子供たちを救い、全ての人に極楽を見せることですよ」

男は手を高く上げた。混濁した視界に大きな穴が映る。掌《てのひら》に大きな、穴が。

「あなたと私の目的は一致しているはず。もちろん、これの願いもです。ですから、二度と邪魔しないと言って、こちらに」

「るみちゃん！」

勢いよく引き戸が開き、部屋の明かりが点《つ》く。同時に、泉さんが駆け込んできた。泉さんの喉《のど》から短い悲鳴が漏れている。「裕くん、こんなになって」「早く救急車を呼ばなくちゃ」「死ななくて良かった」すべての言葉が、どこか別の世界の出来事のように聞こえる。「佐々木さん」美しい声が私の鼓膜を焼く。「佐々木さん、しっかりしてよ」世界で一番美しい邪悪なものだ。「泉さん、女性の方が重傷だと伝えてください」「早く！」頭が割れるように痛い。入られた。私は首を振る。首を振っても、茶色いものが。「佐々木さん、駄目だ、どうしよう、何か」先程の男はもういない。いないのは当たり前だ。もう用済みなのだ。「佐々木さん」「ほほほ」「るみちゃん」「ほほほ」「ほうほう」「ほほほほほ」「ほうほう」「ほほほ」「ほほほ」「ほうほう」「ほうほう」「ほほほほ」「ほほほ」「ほうほう」「ほほほほほほほほほほ」「ほほほうほほほほほほう」

2

「物部さん」

「急に来るから、驚いたわ」

「驚いたふりしなくていいですよ」

「なんじゃ、怒っちょるの」

「違います。物部さんは僕のことを見てるのかもしれません。でもね、同時に、」

「『僕も物部さんのことを見ているということです』」

「……」

「すまんなあ、馬鹿にしちょるわけではないよ。また見えてしまったわ。ほうじゃ。意味ないよなあ。お互いに、分かっちょるもんなあ」

「僕が今日、ここに来たのは」

「おう、分かっちょる――」

「言わないで下さい。僕が、僕の口で言いたいので」

「ほうか。すまんな」

「物部さんは悪くないです。でも、僕とあなたは、感覚が、違いすぎるから」

「……ほうか」

「僕が今日ここに来たのは、物部さんと、神様の話をするためです」

「……君の神様と、ウチの神さんは、違うもんでしょ」

「そうですね。話したいのはこちらの神様に近いものだと思います。少なくとも、父なる神とは違います」

「はあ……まあ、えいわ。話して」

「物部さん、おさら観音、おさらさま、そういう名前に聞き覚えはありますか。神様でなくても、例えば、今までお祓《はら》いをした中に、そういう名前があったとか」

「ない。まずミンゾクガクてきなことはなんも分からん、祓ったもんのことはいちいち覚えちょらんし」

「分かりました。物部さんは、神様はどういうものだと思っていますか？」

「ウチの神さんの話でえいの？」

「はい、そうです」

「親」

「……」

「君は君の口から言いたい言うたけんど、俺は話すのが苦手じゃから、見せるわ。ちゅうか、君への答えにもなると思う」

「……ごめんなさい、自分の口で言いたいとか、勝手なこと言って。僕、あなたの頭の中を勝手に見て、だからここに来たんです。分かってくれるって、思ったから」

「えいえい。気にしなや」

「おさらさま、おさら観音、と呼んでいました。僕に似た……すごく似た、男性です。深く傷付いていて、そこに付け込まれた。観音、と呼んでいるけど、そんなものではありません。大きな目です。見ると――いや、見られると、悪いことが起こる。ただ、名前を借りているだけです。その男性は、何も気付いていない。それに、頼って」

「おん。大体、見てたこともあるし、分かっちょるよ。でもさあ、何が悪いん？　俺、見ちょったけど、あれさあ、子供の病気、治しよるがじゃろ。子供が幸せになるがやったらえいがやないろう」

「神様はそういうものではないと、僕は思っています。でも、物部さんの言うことは、正しいです。その人も、そう思って、頼っています。僕だって、子供が幸せになるんだったら嬉しい。でもおさらさまは、子供を幸せにしていないと思います」

「何が言いたいん」

「失礼なのは分かっています。色々、助けてくださっているのに……心配してくださっているのに、恩知らずだってことも。だから、本当に」

「やめとき、男が簡単に頭なんか下げたらいかん」

「どうしたらいいか、教えてください。本当に失礼なのは分かっています。おさらさまは」

「おん、ほうじゃね。ここじゃ。俺は部屋ち呼んどるけんど――ちいと前までは、誰にでも使ってもらっちょった。大体なんでも叶《かな》うよ。痩《や》せたい、旦那《だんな》と別れたい、もっと仕事が欲しい――本当に、面白いように、叶う。でもなあ、どうじゃろ。痩せたいち言うんは、病気でなんも食べれんようになること？　旦那と別れたいち言うんは、死ぬこと？　仕事が欲しいち言うんは、他の人が全員辞めて、一人で全部やる羽目になることと？　ほういうことが、沢山起こった。ほんでそのうち、分かったんじゃろなあ、なんか叶えるためには、おんなじくらいのなんかが必要なんよ。ほんなん危のうて、俺以外には使わせられんじゃろ。だから、普段は隠しちょる。そもそも、こがいなクソ田舎、よっぽどの物好き以外は来よらん。なあ、青山くんさあ」

「……なんですか」

「俺、君の言いたいこと、分かるわ。こういうもんに、どう対処したらえいか聞きに来たんじゃろ。なんか叶えてしまう、神様みたいなもんに」

「……はい」

「ヒャクブンはイッケンに……なんじゃったっけ。やってみたらえいがやない」

「え、ええと……」

「大丈夫じゃ。君は、何も取られん」

「それは……」

「君はえい人よ。俺が言うんじゃから、それは絶対じゃ。俺が思っちょることは、神さんも思っちょるんよ。神さんはな、足りないもんを受け取っちょるだけ。君は足りないとこはないろうね。ほじゃけ、なんでも言うたらえい。金でも、女でも、人の命でも」

「……」

「なんでも言うたらえい。あの子を生き返らせてくださいちう願いじゃったとしても、きっと叶うわ」

「物部さん、馬鹿にしないで下さい」

「冗談じゃ」

「冗談でも、言っていいことと、悪いことが」

「これでも、責任を感じちょるのよ。なんでじゃろなあ。なんで、なんもできんのじゃろなあ」

「物部さん」

「なに」

「僕、何も、お願いするつもり、ありません」

「なんで？　なんも、取られんのに？」

「それでも、何もお願いしたくありません」

「どういて？」

「何かを願ったら何かを取られる、それって……」

「おう、君の神様からしたら、あ」

「言えません。でも、言ったのと同じことですよね。だから、本当に、失礼だって、分かっています。申し訳ありません。あと、もうひとつ、謝らなくてはいけないことが」

「何、まだなんかあんの」

「嘘を吐きました。教えて欲しいことはありません」

「……ほうかあ」

「おさらさまのことは、なんとか自分で頑張ってみます。だから、大丈夫です」

「ほいじゃ、こがいクソ田舎まで何しに来ちゅうがか」

「返しに来ました。もう『お守り』はいりません。見守ってもらわなくても、もう大丈夫です」

「迷惑じゃった？」

「……見えているでしょう。迷惑なわけありません。助けてもらいました」

「じゃあ、なんでいらんの」

「見ているだけの人にしたくないんです、物部さんを」

「意味が分からん」

「分かっているでしょう。物部さんはなんでもかんでも、やってくれようとするでしょう。僕と頭を繋《つな》げたのも、そういうことだと思います。でも、物部さんだって全部できるわけではない。絶対に、取りこぼしがある。当たり前のことです。でも、そういうとき、物部さんはすごく傷付いてしまう。どうしてできなかったのか、ずっと」

「やめえや。なんや勘違いしちゅうがやないがですか。俺は、別に」

「そうです、勘違いかもしれない。でも、僕が、すごく嫌なんです」

「……もう帰れ」

「物部さん、ありがとうございます、僕は」

「もう聞きたない」

「さようなら……ゆっくり休んでください」

3

死を待つばかりだというのが分かる。

幸せだからだ。青山君と私は一緒に暮らしていて、
私は失敗したのだ。

青山君は朝私を起こしに来る。

あの可愛い観音様を、壊してしまった。

「おはよう。どれが食べたい？」

子供を守っていた、昔からただ守っていた、おさら様を。

「今日はね、鮭と、卵焼きと、納豆と、ご飯は大盛！のりつけてね。フレンチトーストも、ジャムたっぷりがいい。ゆでたまごはいらなあい」

壊れたものは元に戻らない。

「全部食べるの？　大丈夫？」

おさら様はいつもそばにいたのだ、弱い人のために。悲しい人のために。

「大丈夫。食べた分だけ動くから」

木でできたような質感の人間たちが、大声で歌っている。
「本当かなあ」そう言って青山君は微笑む。
耳がうまく聞こえない。
私は痩《や》せていて、可愛くて、青山君の横にいても自然だ。誰が見ても。
体を揺することさえできない。
一緒に暮らしても大丈夫だ。一緒に暮らしているんだから。
医師でも看護師でも誰かに来てほしい。
「おいよう、るみちゃんにはゆうたちいかんちゃ《言っても仕方ない》、やめとき、やめとき」
そう思ってから、それが無意味だと気が付く。
物部斉清は近所に住んでいる親友で、いつも私と青山君の顔を見に来てくれる。
医師にも看護師にも何もできない。
「物部さん、余計なことを言わないで下さい」
私は何体ものそれに囲まれている。
青山君が物部にそっけないことだけが悩みだ。
口をすぼめてほほほ、と笑っている。
「青山君、斉清くんにそんなこと言わないでよ」
いや、笑っているのではない。これは、単なる鳴き声だ。
「かまんき」物部は大声で笑いながら歩いてきて、どかっと正面の椅子に腰かけた。

何の意思もない。

彼が足を組む。ズボンから覗《のぞ》いた足に、脛毛《すねげ》がびっしりと生えている。入られている。

「そもそも、不潔ですよ」

もう右には全て入られていて、

青山君が物部を睨《にら》む。私は、二人に仲良くしてほしいのに。

左はわずか目だけが残されている。

「女の子と会うときは、脛毛くらい剃《そ》ってきてください」

残された左目がとらえる。ほうほう、ほほほ、と鳴きながら私を啄《ついば》むものを。

そう言って青山君は私の顔を優しくのぞき込む。

全部吸われる。生き物の目が動いている。

「るみちゃんは、汚いの、嫌いだもんね？」

私の悩みが、苦しみが、全て出て行く。

「うん、きらあい」

その代わりに、入ってくる。

青山君は微笑む。私も微笑む。

幸せ幸せ。

物部は溜息《ためいき》を吐いた。

幸せ幸せ幸せ。

「随分と仲のえいろう」

幸せ。ずっと一緒。

「当たり前でしょ？　僕はるみちゃんとずっと一緒にいるんだから」

大好き。幸せ。

青山君が胸を張って答えた。

幸せだよ。一生。大丈夫。

「だから、早くその汚いものを、仕舞ってください」

幸せで、頭がおかしくなる。

「いんや、嫌じゃ。誰がお前の言うこと聞くか」

助けて。幸せ。

「お前、汚いもん、嫌いながでしょ」

物部は立ち上がり、勢いよく衣服を床に脱ぎ捨てた。

衝撃で体がびりびりと痛む。物部は一瞬だけこちらを見て、「起きろや」と短く言った。

マヨネーズのチューブを押しつぶしたような汚い音がして、私は跳ね起きた。

ずきずきと痛む頭を何とか動かす。

今は、十月八日。十時半を数分すぎたところか。私の腕はがっちりと固定され、点滴が刺さっている。明かりもついていないのに目が痛くなるほど眩《まぶ》しい。窓から大きな、完全な円より少し欠けた月が見える。青山君が、ベッドの角《すみ》に腰かけている。月の光に照らされて、姿がはっきりと見える。

面会時間はとっくに終わっているはずだ。

「青山君……」

青山君は笑顔で頷《うなず》いた。右半分の顔が月に照らされて、瞳《ひとみ》が白く抜けたように見える。

「どうして、いま、物部さんは……」

「物部さん……？　ああ、やっぱり、僕一人じゃ、できないよなあ……」

青山君はまっすぐ前を見ながら言う。いつもの柔和な笑みは消え失《う》せている。私など、視界に入ってすらいない。

「あなたにはこれが何に見えるんですか」

青山君は手に、潰《つぶ》れた小動物のようなものを持って言った。

「わ、分からない……」

べちゃ、と音がした。青山君がそれを床に投げ捨てたのだ。

ふと、悪臭が鼻を衝《つ》いた。潰れた何かではない。青山君から発された臭いだ。

「今僕は……尿を全身にかけています。それに、見て欲しくない格好をしているから、なるべく、視線は上向きで頼みます」

「なぜ、そんなことを」

「そうしないといけないので」

青山君の声は穏やかだ。落ち着いていて、何の動揺も見られない。「先輩、お茶を淹《い》れましょうか」と聞くときと同じだ。

「先輩は勿論《もちろん》ご存じでしょうが、視線から身を守るためです。昔のヨーロッパの人間はファルスと呼ばれる男性器を象《かたど》ったお守りを身に着けていました。視線から身を守るためです。これは、不浄や、性器自体も嫌います」

物部はわざと服を脱いでいた。汚いものが嫌いだろうと言って、いや、でもあれは、夢なのか、なにも分からない。考えられない。

ぶちゅぶちゅと、ものがつぶれ、なにかがはみ出しているような、汚い、空気の音が混じった不快音が続いている。

「ねえ、これが本当に、神に見えるかと、聞いているんですよ」

大きな音を立ててステンレスのごみ箱が転がっていく。信じられない。彼が、蹴《け》り飛ばしたのだ。怖かった。彼が怒っていることが。暴力性のかけらもない彼が、ものを蹴り飛ばしたことが。怒るのも当たり前だ。私は彼を疑った。

「ごめんなさい」

口から無意味な謝罪の言葉が繰り返される。ごめんなさい、ごめんなさい、ごめんなさい――

「神だろう」

男の声が聞こえた。低く、落ち着いた声。

「人間は何を神と呼ぶ？　人智《じんち》を越えた尊い存在。畏怖《いふ》の対象だ」

こつこつと、革靴が床を打つ音が聞こえた。耳なじみがいい。青山君が歩くときと、同じ音がする。

似ている。背格好も、足音も、発する香りも、優しい顔立ちも。

違うのは目だ。

その男の目は真緑で、瞳孔《どうこう》が閉じたり開いたりするのが分かる。

西洋風の顔立ちだ。髪の毛の色も、暗闇で見れば青山君と同じにしか見えない。青山君ではなかった。この男だったのだ。この男が、子供たちを。

「先輩、見たら駄目です。視線を合わさなければ大丈夫かもしれませんが、念のため」

青山君に言われ、慌《あわ》てて目を離す。

「父なる神は願いを叶《かな》えたか？　人を助けたか？　違うな。どちらも違う。誰も助けない。見ているだけだ。人を助け、願えば必ず叶えるこれを、純粋に我々に極楽を見せるだけのこれを、神と呼ぶ。それが間違っているか？」

「高橋瀬里奈《たかはしせりな》さんのお母様は自殺しました」

青山君は静かな声で言った。

「瀬里奈さんが御皿様の御詠歌を歌い続けるのが原因で、次第に精神的に参ってしまったようです。瀬里奈さんのお母様は、瀬里奈さんの可愛い歌声が大好きでした。今はお父様のご実家が瀬里奈さんのことを見ていらっしゃいますが、お父様は瀬里奈さんのことを許せないそうです。長塚《ながつか》勝也《かつや》さんのご自宅は、現在占いの道具やお札で埋め尽くされています。彼のおばあ様が御皿様の影響を何かしらの啓示だととらえたためです。おばあ様は勝也さんのご両親にも強要したため、二人は出て行ってしまいました。今は家で、いもしない神と話す老人と、歌い続ける子供の二人暮らしです。辻原緑《つじはらみどり》さんのお姉さまは、長年交際していた男性との結婚を諦《あきら》めました。妹がこんなふうでは困ると男性の母親から言い渡されたためです。緑さんのことを責めてはいないようですが、毎日泣き暮らしておられます。まだたくさんいます。北沢光《きたざわひかる》さん、松本真凜《まつもとまりん》さん、大重《おおしげ》るきあさん、柏孝彦《かしわたかひこ》さん、三輪修一《みわしゅういち》さん、小糸《こいと》すみれさん、清田《きよた》マリカさん」

「何が言いたい」

「まだいますよ。一人ひとりのことを細かく話してもいいんです。僕は全員覚えています。『おさら様』が不幸にした子供たちの名前です」

　青山君が相手の男をじっと見据えた。

「それでもあなたは、これを神と呼びますか、沢野《さわの》クリスさん」

　沢野、と呼ばれた男は棒立ちになっていた。唇を震わせ、何か言おうとしても、結局何も言葉が出てこないようだった。

「何も言うことはありませんか。なら、あなたに忠告します。即刻、縁を切って――いや、もう難しいかもしれない。それでも、これ以上祈らなければ」

「黙れ」

沢野は壁を殴った。

「黙れ。黙れ。黙れ。お前に何が分かる」

緑の瞳が爛々《らんらん》と燃えている。彼らが会話している間にも、部屋中をごそごそと蠢くものがある。沢野は足元に手を伸ばし、それらのうちの一つを拾い上げた。

「神と呼ぶのがそんなに気に食わないか、狂信者。お前のことは気付いていた。誰だかも分かっている。青山幸喜。この日本でエクソシストなんてふざけたことをやっているのはお前の教会と、カルト宗教くらいだろう。まあ、お前の教会も、カルトなんだろうな」

「何とでも言ってください」

青山君は瞬《まばた》きもせずに沢野を見ていた。

ほほほ、ほうほう、笑い声が溢《あふ》れていて、そこかしこにそれはいるのに、青山君の周りにだけ円があるように何もない。

「狂信者のお前がどうしても神と呼べないなら、別のものに喩《たと》えてやる。実のところ俺もこれを神だとは思っていない。神を信じていないからな。これは、薬だ。万病に効く薬だ。体に入れれば誰もが幸福になる。極楽浄土を見る」

沢野はそれを愛《いと》おしそうに撫《な》でた。

青山君は溜息《ためいき》を吐いて、

「あなたは神を信じていないわけではないでしょう」

そう言って、またそれを拾い、床に叩《たた》きつけた。床に叩きつけられたそれは液状に広がり、また別のそれに同化していく。

「別の神に鞍替《くらが》えしたのとも違う。あなたの根底には父なる神がいます。僕と同じだ」

一歩、一歩、ゆっくりと、青山君は沢野に近付いていく。

「自分の願いが叶わなかったから——裏切られたと感じたから、神を憎んでいる。それだけだ」

「人を救わない神が神なのか？」

「困ったときに救ってくれる存在は父なる神ではないでしょう」

咲子の言葉を思い出す。神はそんなに都合の良い存在ではない。その通りかもしれない。でも、だったらなんのために人は祈るのか。宗教を持たない私には分からない。それでもその言葉は沢野には響いたのかもしれない。沢野はあからさまに顔を歪《ゆが》め、唇を嚙《か》みしめている。

青山君が歩くと、海が割れるように、ほうほうと鳴きながらそれは散っていく。とうとう鼻がつくような距離まで接近し、彼は沢野の手を取った。

「もうやめてください。僕には何の能力もありません。それなのに、僕にまでこれが見える。このままでは」

「お前には何も分からないだろう」

地の底から響くような声で沢野が言った。

青山君は深呼吸をした。こちらを一瞬ちらりと見て、また向き直った。

「菊池《きくち》友理奈《ゆりな》さん」

骨と骨のぶつかる鈍い音が聞こえて、青山君が地面に倒れる。沢野は拳《こぶし》を振り上げたまま、倒れた彼を何度も蹴った。

やめろ、と言いたくても、今すぐ沢野を止めたくても体が動かない。未《いま》だに内臓がそれで満たされているようにじくじくと痛む。

「彼女の名前を、軽はずみに、口に出すな」

「菊池友理奈さんは……」

「黙れっ」

泣いているようだった。激情のまま、手足をめちゃくちゃに、何度も振り下ろしている。

「お前に何が分かる、お前に、何がっ」

「分かりますよ」

恐ろしいほど静かな声で青山君は言った。

殴られ、蹴られて、途切れ途切れの声で、

「分かり、ます……」

第五章　待宵

1

沢野クリストファン勝《まさる》は、裕福な家庭に生まれた。

父は医師で、母はインテリアの会社に勤めていた。アメリカ人の母が島根県に観光に来た時、急に気分が悪くなり、たまたま居合わせた父が適切な処置をした、というのが両親の馴《な》れ初めだと聞いている。

父も母も多忙だったが、その分祖父母とよく遊んでもらったから、全く寂しくはなかった。母方の祖父母も母と同様日本に住んで日本で働いていたから、沢野は四人の祖父母から溺愛《できあい》されて育った。

両方の親族は仲が良かった。恐らく、キリスト教を信仰していたためだろう、と考えている。信者が皆そうかは分からないが、少なくとも沢野の祖父母はどちらも考え方や流れる空気が似通っていた。

　どちらの祖父母ともよく教会に行った。父方の祖父からはヴァチカンで購入したという赤いロザリオと、美しい装丁の聖書も貰《もら》った。沢野自身は聖書をよく読み込んだわけではない。ただ、生活の側にはいつもキリストと神がいた。

　親族だけでなく、周りにはいい人しかいなかった。友人も、恋人も。沢野は本当の意味の悪人はごく少数だと思っていた。第一印象で合わない人間でも、話し合えば必ず理解できる。そう信じていた。実際に、彼の歩んできた人生はそうだったからだ。

　沢野は大学を卒業し、公認心理師の資格を取って、カウンセラーになった。

　神父が理事長を務める病院の小児科に就職したのは、やはりそこでもキリスト教的理念で以《もっ》て心が疲れた人をいい方向に導けるのではないかと思ったからだ。それに、沢野にとって、子供とはまさしく天使だった。

　沢野はそこで初めて、悪意というものを知った。

　いや、本当は知っていた。ただ、見ていなかっただけだ。

　悪い人間が悪いことをするのではない。子供たちが相手であるからこそ、猶更《なおさら》分かる。悪意とは、どの人間も持っていて、発露するかしないかの差があるだけだ。

　悪い人間が悪いことをするのだと、そして、そんな人間は少数なのだと、目を逸《そ》らしていたに過ぎない。

　子供も同じだ。子供は天使ではない。子供は小さな人間だ。当たり前のことだ。

病院には、普通の人間たちに苦しめられ、壊された人間がいた。当たり前のことなのだ。

沢野は就職してしばらくはひどく落ち込んだ。

虐待。いじめ。病気。貧困。何もかも沢野の歩んできた幸福な人生にはなかったものだった。何より辛《つら》いのは、子供たちに共感できないことだ。

自分のような恵まれた人間がどうして彼らに分かるよなどと言えるのか。

傷付き、壊れて、自らも他人を傷つけるようになってしまった子供たちに。

それでも、光はあった。

共感はできなくとも、ただ側にいることで変わることもあった。

自分が生まれてから今に至るまでずっと受け取っていた、両親や祖父母の温かさを、包み込まれるような神の愛を、少しでも子供たちに感じて欲しかった。だから、必死で寄り添った。

実際、沢野の優しさは子供たちを癒《いや》した。

ネグレクトにより餓死寸前で助け出され、それから一言も口を利けなくなった少女が「ありがとう」と言ったのを聞いた。沢野は神に感謝した。子供を救っているようで、子供に救われるような毎日だった。聖書の教え通り、神は誰の中にも在るのだと理解した。

そしてあれほど、自分が見えているものはほんの一部であり、その向こうに暗く深い河があることを知ったはずなのに、また思ってしまった。人は、誰でも救われるのだと。

仕事にも慣れてきたころに出会ったその少女は、菊池友理奈という名前だった。

「キクって呼んで」

彼女は暗い目でそう言った。

「下の名前呼ばないで下さい。思い出しちゃうから」

キクは中学三年生だった。ひどいいじめに遭い、死ぬことを決意した。マンションの七階から飛び降りたが、飛び降り防止ネットに絡まり、大怪我を負ったものの一命を取り留めた。体の傷が癒《い》えてから、小児精神科の病棟に入院することになった。

キクは沢野の顔を一目見てから吐き捨てた。

「人からテキトゥに扱われたことないでしょ。すぐに分かります。羨《うらや》ましくて泣きそう」

何も言えなかった。「そんなことはない」などとは口が裂けても。事実、沢野は他人から否定も、無視も、されたことがなかった。

「いいよ。そういうふうでいいよ。そういう人が多くなきゃ、おかしいから」

キクは利発な少女だった。彼女は誰に何をされたか、全て覚えていて、それを全て沢野に語った。

事の発端は本当に下らないことだった。クラスの女王蜂のような女子に手を振られたことに気が付かなかった、というそれだけの。そして、その報復も、最初は小さなことだったのだ。その女子と、取り巻きに、無視される、というだけの。

「一度そうって決められたら、もう戻れないんです。何したって無駄なんだよ。私は、あの子たちと同じ人間ではなくなってしまったの」

キクはうっすらと笑みを浮かべて言った。

「私の名前で検索してみてください」

沢野のスマートフォンを操作してアダルトサイトにアクセスし、検索窓に自分の名前を入れろ、と言うのだ。沢野はどうしてか、言う通りにしてしまった。

「こんな……」

「そういうことです」

キクは落ち着いていた。全て諦《あきら》めて、捨て去った者の落ち着きだった。

「削除依頼？　出しましたよ。考えられることは全部やりました。学校も辞めて、住むところも変えて。名前だって、これから変えるつもりです。でも、どうですか？　私はこの先、生きていて」

「君に生きていてほしい」

沢野はキクの言葉を遮った。

「そういうことを言える人、いいなあ」

キクは笑みを張り付けたまま言った。

「私もそういう風になりたいです」

どうしたら彼女を救えるか、彼女の心を守れるか、何一つ分からなかった。

今まで見てきた子供には希望があった。

病気が良くなったら、親からの暴力に怯《おび》えることがなくなったら――環境が変わったら、自分自身も変わることができるかもしれないという希望だ。

彼女にはなかった。彼女は飛び降りた時点で、いや、もっと前からすでに人生の終着点を迎えていて、そのあとにいくら環境が変わって、人生が続いたとしてもどうしようもなかった。彼女にとって生きていることは希望ではなく、絶望の続きだった。彼女には何の言葉も届かない。聞く力を持っていないわけではなく、聞いたところで終点にいる彼女がそれ以上前に進むことはない。

ひどい目に遭った子供が時折見せる凶暴性も彼女にはなかった。彼女の受けた理不尽の何億分の一かでも発散してほしかったが、彼女はただ静かに、困ったように日々をやり過ごしているようだった。

救いは二つだけあった。

一つは、彼女は他の子供に関心を持っていたことだ。

小児病棟にいるのは原則として十五歳までの児童なので、キクは一番年が上だった。子供は自分より年上の人間に構ってもらうのが好きな生き物だ。特に何をしてやるわけでもないのに、キクはよく子供たちに群がられていた。そんな子供たちを、キクも愛《いと》おしそうに見ていた。そのときだけは彼女の暗い瞳《ひとみ》に、少女らしい柔らかな光が宿った。

「私の手も足も、目も、腎臓《じんぞう》も、心臓も、あの子たちに全部あげられたらいいのに」

彼女は沢野にそう言った。

「それは君の体だよ。神様から貰った、大切な体だ。君が君のために使うんだよ」

「ああ、ダメか」

キクは沢野の言葉を完全に無視して、

「私は目も悪いし、体も弱いし、こんなのあげても仕方ないですね」

彼女の言葉は後ろ向きで、投げやりだった。しかし、病気の子供たちを心配しているということは事実だ。本当に余裕がなく、荒《すさ》んでいる人間は、子供であろうと老人であろうと心配することは難しい。彼女が優しい人間性を保っているということが希望だった。

もう一つの救いは、彼女が沢野に興味を持ったことだ。

「私、沢野さんの顔、大好き」

キクは真っすぐに沢野の顔を見つめた。

「私みたいな子が沢野さんのこと好きなの、やっぱり図々《ずうずう》しい？　調子乗ってる？　でもね、言い訳みたいになっちゃうけど、顔って言っても見た目そのものが好きなわけじゃないんです。その、ぼうっとしたところが好きなんだ。全然、疑ってない感じ」

「それって、何も考えてなさそう、みたいな？　ちょっと傷付くなあ」

「ううん、考えてはいるでしょう？　私よりずっと、頭がいい人だっていうのも分かってます。でもね、ぼうっとしていて、そこが好きなの。ずっとそのままでいてほしい」

キクは洞穴《ほらあな》のような瞳のまま、ははは、と口だけで笑った。

彼女は沢野の話を聞きたがった。

聖書のことも、生い立ちも興味があるわけではなさそうだった。しかし、ただ聞いてくれるだけで満足だった。

数か月が経つと、キクは沢野が行っている、子供向けのイベントにも参加するようになった。英語で歌を歌ったり、聖書を子供向けに解説したり、ただ庭園を歩く日などもある。

そしてある日キクはこう言った。

「聖書にマナっていうのが出てきたでしょ。神様がくれた食べ物。甘くて、粉みたいな……それ聞いて私、きな粉もちを食べたいって思いました」

喜びを隠して、努めて平静を装って、そうなんだ、きな粉もち美味しいよね、と相槌《あいづち》を打った。内心、小躍りしたいくらいだった。

キクが自分の希望を言ったのだ。

最初の頃、カウンセリングの一環で、「好きなこと」「嫌いなこと」「やりたいこと」「やりたくないこと」というのを五つずつ書かせたことがある。キクは一週間経っても表を埋められなかった。

「なんでもいいんだよ」

そう言うと次の日キクから表が返ってきた。

「やりたくないこと」の欄に「これ」とだけ書いてあった。

結局今までそれは変わらなかった。彼女は将来の夢は勿論《もちろん》、何が食べたいとか、そういった些細《ささい》なことすら言わなかったのだ。しかし、彼女は今、「きな粉もちが食べたい」と言った。沢野はすぐにコンビニに向かった。きな粉もちはなかったが、きな粉もちの味のチョコレートがあった。「内緒だよ」と言ってキクに渡すと、「贔屓《ひいき》されるのって、こんな気持ちなんだ」と言って、微笑んだ。

沢野の「内緒だよ」はそれから何度も続いた。

「患者さんは一人じゃないのよ」

そんなふうに言われることもあった。そんなことを言われても、自分が誰も彼も助けられるようなサポーターでないことは嫌というほど分かっている。だからこそ、沢野はどうしても、目の前の一人だけには知ってほしかった。ここは彼女の終着点ではない。人生はまだ続いていくのだと。

沢野の献身でキクには笑顔が戻った。好きな食べ物を皮切りに、小説、漫画、映画——色々な話をするようになった。病棟の子供たちでは話し相手には不足だったから、やはりいつも話を聞くのは沢野だった。

シングルマザーでいつも忙しく働いているというキクの母親は、涙を浮かべて沢野にお礼を言った。親子で死ぬしかないと思っていたのだと、そう言った。

「お母さんには話せないよ。お母さん、全部は知らないよ……ただ、よくある、いじめがあっただけだって、思ってる」

キクはそう言っていた。自分の苦しみを後回しにして母親を気遣う優しい子だった。

それでも、きちんと全部話していたら、何かが変わったのかもしれないと、そう思う。

三食食事が摂《と》れるようになり、自傷をする心配もないようだ、という診断が医師から下ったのは夏のことだった。キクは見違えるようだった。目に光があった。自分にはこの先もある、ときちんと分かっている顔だった。

「退院おめでとう」

沢野がそう言うと、キクは照れたように笑った。

「おめでとうではないかもしれないです。だって——ううん、でも、ここじゃ、ヒロアカ観れないもんね。やっぱり、おめでとうかもしれないです」

お祝いにお母さんと観に行くんだ、と好きなアニメ映画の名前を言って無邪気に微笑む様子は、普通の中学生に見えた。

「ごめんなさい、私、沢野さんの話をきちんと聞いていたわけではないんです。沢野さんが好きだから、聞いてただけ。でも、でもね、それでも、沢野さんとか、ここの子たちと話して、ちょっとだけ、神様っているのかもって、思えました」

沢野は何も言えなかった。前を向くことを決めた彼女に余計なことを言いたくないと思った。

「沢野さん、私はまだ、子供だし、可愛くないし、こんなだけど……でも、もし、二十歳超えたら、会いに来ていい？　そのとき、誰も……可能性低いけど、彼女とか、奥さんとか、いなくて、好きって言ったら、考えてくれますか？」

キクは下を向いて、真っ赤な顔で震えていた。彼女のこんな表情は見たことがなかった。沢野はそのとき交際している女性がいたし、そもそも彼女の言う通り、沢野にとってキクはほんの子供だった。しかし、それもまた、こんなに勇気を出して、こんな自分に好意を寄せる相手には言う必要のないことだった。

返事の代わりに、ポケットから赤いロザリオを取り出して、キクに握らせる。

「俺はずっと、君のことを見てるよ。ずっと君といる、そう思って」

「こんな、こんなの、貰《もら》えません、だって、おじいちゃんがくれた大事なものだって……」

「いいんだよ、必要な人が持っていたらいいんだ」

矮小《わいしょう》だった。矮小な満足感で一杯になっていた。愚かだった。あんなものを渡すべきではなかった。無意味どころか、有害だった。人ひとり救ったのだという思い上がり。優越感。下らない、信仰心、神への感謝。救ったどころか、殺した。もう彼女は二度と帰って来ない。

彼女は赤いロザリオで首を吊《つ》って死んだ。ドアノブに引っかかっていた。そう聞いた。

2

彼女が死んだ時刻、沢野は恋人と一緒に寝ていた。

ニュースで彼女の名前を見て頭を強く床に打ちつけた。夢であってほしいと思った。

額から流れる血と、恋人の涙声で、ここが現実なのだと突きつけられた。

呆然自失《ぼうぜんじしつ》のまま出勤すると、キクの母が待ち構えていて、殴られた。すぐに警備員に取り押さえられ、引き摺《ず》られて行ったが、ずっと怒鳴っていた。あんたがあんなもの渡さなければ。その通りだ。

彼女の遺書には、沢野との思い出が綴られていたそうだ。

「友理奈のこと、あなたのマスターベーションに利用してっ……最低、人でなし、最低、死ね、死ね、死ね」

その通りだ。間違いはない。

無意識ではあったが、彼女の恋心を利用していた。彼女の初恋の優しいお兄さんである、そんな自意識を持って、それで満足感を得ていた。まさにマスターベーションだ。キクの思いに応《こた》える気などさらさらなかった。全部見抜かれていた。浅はかで、稚拙で、どうしようもない。

いっそ殺してほしかった。しかし、殺してほしいなどというのも、甘えでしかない。

殺される価値もない。

あの母親は死ぬよりずっと辛《つら》い目に遭っている。

キクは小児病棟が終着点で良かったのかもしれない。誰でもそう思うだろう。そういう内容が、連日報道された。どうして誰も助けられなかったのか。どこで何が狂ってこうなったのか。考える限りの最悪が、彼女の小さな体に集中した。内容を詳細に思い出したくもないし、思い出しても意味がない。ただ一つ確かなのは、彼女が死を選んだことだ。

絶対に、絶対に、私は許しません。

キクの母親の姿が何度もテレビに映った。キクに似た小さな体で、街頭で声を張り上げていた。

世論のほとんどはキクと母親に同情的だった。しかし、やはり少数だが、中傷の声もあった。

母親が水商売をしているから、彼女は孤独になった。その孤独に付け込まれた。相談できなかったのは、親が信頼されていないからだ。そんな論調だった。中傷の内容にバリエーションは少なく、それだけに迸《ほとばし》るような悪意を感じた。

最初はその顔のない悪意に、激しい憎しみを感じた。しかしすぐにそれは醒《さ》めた。このような中傷がなく、同情と共感だけだったとして、何の救いになるというのか。もう彼女は死んだのだ。死んだ人間は帰って来ない。

沢野は病院を辞めた。正確に言うと、行かなくなった。

そして、キクを苦しめた残酷な子供たちを探しに行った。

彼女が味わった苦痛に比べればかすり傷にもならないようなものかもしれない。でも、ほんのわずかでも後悔させてやりたかった。

彼らの住所も氏名も顔のない悪意によって晒《さら》されていたから、簡単に突き止めることができた。人に暴力など振るったことはない。しかし、この沸き上がるような憎しみをもってすれば、何でもできるような気がした。彼らを一人ずつ消していく、そんな計画を立てているうちに、気付いてしまった。

彼らは加害者ではない。

キクにこの世の地獄を味わわせた子供たちであることは間違いない。しかし、彼らもまた、残酷な大人たちの被害者なのだ。皆、一様に、ひどい家庭環境だった。親に強要されて年を誤魔化し、水商売をする子供など、少なくとも沢野の周りには一人もいない。小児科病棟で散々そういった子供たちを見てきたはずなのに、これほど衝撃を受けたのは、キクを殺した者たちを悪魔だと思い込んでいたからだ。悪魔は悪いから、悪いことをする存在だ。現実にそんなものはいない。原因があって、結果がある。彼らはそういうふうにしかなれなかったのだ。病院の子供たちと違うのは、衝動が内に向くか外に向くかだけだ。純粋で真っすぐで、当たり前の優しさを持つことを環境が許さなかった。

それに気付いてしまったから、もう、彼らを殺すことはできなかった。

沢野は一日中、あてどもなくふらふらとさ迷った。山手《やまのて》線が好きだった。ぐるぐるぐるぐると一日中回っていた。利用者も多いから、うるさくて、眠らずに済んだ。家にいても眠れなかったのだ。眠るとキクが出てくる。

「なぜ助けてくれなかったの」

キクは毎回そう言う。何も言えない。助けたかったと言うことも許されない。全て自分の脳が作り出した幻覚だということは分かっている。死んだキクが現れて、力の限り責め立ててくれれば少しは楽になるのにという、甘えた幻覚だ。許されない。睡眠は自分の甘えを突き付けられる瞬間だった。眠りたくない。

何日かそれを繰り返して、ある日突然、ぽっきりと心が折れた。

死んでしまえばいい。

死ねば全てから解放される。いや、解放されてもされなくてもどちらでもいい。死ぬ。死ぬ。死ぬ。死ぬ。死ぬ。死ぬ。死ぬ。それだけだ。死ぬ。

月の綺麗《きれい》な夜だった。昼のうちに目をつけていた改修工事中のビルに登る。身体能力が高く生まれたことに感謝した。不安定な鉄製の足場を伝って歩く。このまま落ちるのも良いだろう。しかし、そうはならなかった。

登りきったところで、また空を見上げた。月が近かった。

父と子と聖霊と――と十字を切ってから、足に力を込める。その瞬間に、強く肩を摑《つか》まれた。

警備員の男性だった。冷たい調子で「ここで死なれると迷惑なんで」と吐き捨てられた。警察に通報されることはなかった。それさえも面倒臭いという態度だった。

沢野は反省した。死を選んだことにではない。こうやって、さも格好つけた態度で月を見ながら、世間へのアピールのように飛び降りようとした自分の浅ましさを反省した。

彼女と同じ形になってしまうことが申し訳ないが、死ぬのなら、自室で死ねばいいのだ。コンビニで梱包《こんぽう》用のビニール紐《ひも》を購入した。帰宅してから、思いついたように遺書のようなものを書いた。ずっと励ましのメッセージを送ってきてくれた恋人と、愛情深い両親と祖父母に。ありがとうとか、先立つ不孝をなんとかなどとは書かなかった。自分の財産を分配してほしい、自分の遺体はもし使えるものがあれば移植してほしい、それと、この自殺は完全に人生からの逃避行動であり、彼らではどうしようもなかったことだと、強く主張した。

首を吊って死ぬと大小便が垂れ流しになるそうだ。もしかして無意味かもしれないが、発見した人が少しでも不快にならないように、限界まで排泄《はいせつ》をして、体も浄《きよ》め、一番新しい服に着替えた。

ドアノブにビニール紐を固定し、一回だけ深呼吸をして、沢野はそこに首をかけた。

少女は囁《ささや》いて来なかった。もう恐怖はどこにもなかった。

汚い音が喉《のど》から漏れて、空気を求めて口が開閉を繰り返した。視界が白くなってきた

とき、

「あなたの罪は赦《ゆる》される」

声が響いた。うんざりした。まだ都合の良い幻覚を見るほどどこかで甘えている。そう思った。一刻も早く酸素が脳に送られるのを止めたい。

「赦される」

体がふわりと浮いた。

気が付くと、沢野は床に倒れ込んでいた。体を起こして辺りを見回す。自分の部屋だ。ドアノブに千切れたビニール紐がかかっている。

生きている。

心臓が脈打っている。末端まで温かい。首にぴりぴりとした痛みがある。痛いということは、やはり、生きているのだ。

これでは駄目だったのだ。彼女と同じ死に方では。

立ち上がると眩暈《めまい》がした。机の上のペン立てから鋏《はさみ》を取り出そうとして、総毛立つ。人に見えた。それが部屋の中央に立っている。

――赦される
また聞こえた。

「醒めろ」

頭を思い切り机に打ち付けた。首吊《くびつ》りによって酸素の失われた脳が見せている幻覚だと思った。

「醒めろ、醒めろ、醒めろ」

何度も打ち付ける。額が切れて、血が飛び散った。

——赦される

また体がふわりと浮いた。

人のようなそれは動かない。

こんなことが起こっていいはずがない。

かみ。ごっど。ておす。あどない。でみうるごす。

古今東西、様々な呼び名のある存在が、目の前に在る。そうでもないと説明がつかない。

——あなたの罪は赦される

「神様なのですか？」

沢野は問いかけた。振り絞るような声だった。

それは答えなかった。

十字を切ろうと、指を額に持っていく。すると、凄《すさ》まじい力で腕が撥《は》ね上げられた。

——祈りなさい

いつの間にかそれは目前まで迫っていた。異様に大きな瞳《ひとみ》が見つめている。

——祈ることで赦される

「天にまします我らの」

口が突っ張ってそれ以上の言葉が出てこなかった。

それはただ、観察しているだけだ。しかし心の奥底、魂で理解することができる。

これは、父なる神とは異なるものだ。

だから、十字も、父なる神への祈りの言葉も間違っている。拒否される。

あなたはなんの神様ですか、と尋ねる前に、それの目が動いた。

――私は見ているだけではない

それを聞いた瞬間、脳が怒濤《どとう》のように記憶を映した。

ハル君はまだ五歳だった。白血病だった。髪の毛が抜けていた。いつも笑顔だった。

最後は母親の髪の毛を握って死んだ。ゆうちゃんは小学校に通えなかった。腎臓《じんぞう》が悪く、いつも顔が膨らんでいた。一人だけ味のないうどんを食べているのが嫌だと言っていた。

ある日突然見なくなった。肺炎をこじらせて死んだらしい。梨々花《りりか》ちゃんは生まれつき顔に大きな痣《あざ》があった。いじめられて学校に行けなくなった。レーザーの治療でも完全に消せなかったから、自分で命を絶った。薫《かおる》君。悠里《ゆうり》ちゃん。凪《なぎ》ちゃん。蓮人《れんと》君。それから。それから。それから。今まで何人も見た。何の抵抗もできず、ただ濁流に押し流されるように死んでいく子供たちを。

――私は見ているだけではない

それは大きな目を開いた。

「ごめんなさい」

何の飾りもない言葉が口から漏れた。

そうだ。父なる神は、見ているだけだ。

目の前の何かが一体何者なのか分からないが——少なくとも、これは沢野の命を救った。父なる神はしなかったことだ。

沢野は跪《ひざまず》き、それを見上げた。机の上の遺書はなくなっている。

ほほほ、と聞こえる。それが笑ったように見えた。気が付くと部屋はそれで満たされていた。そして、激痛が走る。

——それをつうじそれをおこないあなたはみる
痛みで呻《うめ》きながら、その痛みの発生源を見る。左手だ。

ぽっかりと穴が開いている。

——あなたはみる
顔の前に手を翳《かざ》した。手の穴から向こう側が見える。

「極楽だ」

そこでぷつりと、意識が途切れた。

朝起きると、まず気が付いたのはひどい臭いだった。下半身が不愉快に湿っている。

糞尿《ふんにょう》の臭いだ。次に筋肉の引き攣《つ》れたような痛みが襲ってくる。首だ。這《は》うようにして姿見の前に行くと、首にくっきりと赤い線があり、ビニール紐の切れ端が張り付いている。

あれは幻覚だったのだ、と思った。

現実の沢野は、恐らくビニール紐の強度不足で首吊りに失敗した。

都合の良い幻覚を見ていた。

自分を許してくれる何か圧倒的な存在が現れ、あんな光景を見せた。極楽だった。金銀の花が舞う中で、子供たちが幸せそうに微笑んでいた。あそこには一つも不幸や悲しみの入る余地がなかった。しかし、そんなものはない。

立ち上がると体が震えた。机の上には、遺書がきちんと置いてある。

沢野は少し笑った。自分は神を捨てたのだ、と思った。もう信じていない。いや、きっとずっと、疑っていたのだ。

幸せしか知らなかった頃は見えていなかった。だから、優しい言葉に縋《すが》っていられた。

神はいない。祈っても、どうしようもない。

幻覚の中と同じように、鋏に手を伸ばして、

「ああ」

左手に大きな穴が開いていた。痛みもないし、血も流れていない。

「夢じゃなかったのか?」

誰も応《こた》えない。夢じゃなかったのか、と繰り返す。

何回か繰り返して、沢野は不安で震えながら、顔の前に手を翳した。

それが見えた。

部屋中にいた。

蠢《うごめ》いていた。

犇《ひし》めき合って、見ている。

——私はあなたの幸福
沢野は頷《うなず》いた。自分のすべきことが見えたようだった。

体を洗い、新しい服に着替える。手の穴は特に念入りに洗った。打って変わって、自分の体が尊いもののように感じられた。

しかし、こういうことがあったからといって、すぐにそれを信じたわけではない。自分が完全に異常で、幻覚を見続けている可能性もあった。

念のため手の穴を手袋で隠す。

ふらふらと実家に立ち寄ると、両親は涙を流して喜んだ。あの事件があってから彼らはまるで我がことのように心を痛めていたのだと言う。彼らは、沢野が自ら命を絶とうとしていたことにも気付いていた。「絶対にクリスのせいではないから、自分を責めるのはやめなさい」そう言われた。なんと優しい人たちなのだろうと思った。そして、恐らく、もし同じ状況の人がいたとしたら、自分も同じ言葉をかける優しい人間だったのだろうと思った。今はもう、そのようなことはできない。沢野は笑顔で「ありがとう」と言った。なるべく栄養のあるものを少量食べて、元居た職場に向かった。無断欠勤を詫《わ》びて、もしそれでも許されなかったらきちんと賠償をして、辞めるつもりだった。しかし、理事長は目に涙を浮かべて、「よく戻ってきてくれたね」とだけ言った。やはり、優しい人だった。

これは好都合だった。もしこれが本当に沢野の思っているようなものならば、病院という職場においては、必ず何かが起きるからだ。

結果として、それは職場で子供と接するよりも早く起こった。

理事長に謝罪しに行った帰りに、下校途中の小学生がいた。かなり小柄な少女で、片足をくねらせるような歩き方をしている。その後ろを、数人の児童がついて歩いて、彼女を囃《はや》し立てていた。無邪気で聞くに堪えないような言葉だ。近寄って行って注意すると、意地の悪い笑みを浮かべたまま蜘蛛《くも》の子を散らすように去っていった。あとに残された少女に「大丈夫？」と聞くと、涙で濡《ぬ》れた顔を怯《おび》えたように歪《ゆが》ませた。よく見ると少女ではなく、少年だった。彼は顔を下げ、結局一言も発さずに去って行った。

敢《あ》えて追わなかった。「ほほほ」と聞こえたからだ。

翌日のことだった。少年は真っすぐに歩いていた。後ろに、昨日の残酷な子供たちが付き従っていた。

「あなたは神なのか？」

まともな答えは返って来ない。そして実のところ沢野も、返答など求めていない。

結果が何よりも雄弁に語っていた。

これは沢野の幼少期から信じていた父なる神ではない。しかし、確実に、これは子供を救うものである。人智《じんち》を越えた、神なるものだ。

沢野は復帰した職場で、子供たち一人ひとりに話しかけた。辛《つら》くはないかと。悲しくはないかと。

健気《けなげ》な子供たちは悲しくも辛くもないと答える。すると、「ほほほ」と聞こえる。それは、子供たちの苦しみに反応しているようだった。

それは茶色で、つるつるとしていて、小さくて、いくつもある。目が大きいから何を見ているかすぐに分かる。可哀想な子供たちに寄り添い、目から中に入っていく。入られた子供たちは忽《たちま》ち元気になった。病は癒《い》え、歌を歌う。その歌は、この尊いものを崇《あが》める歌だ。

おさらさま、いまはいずこにおりょうか。

沢野には分からない。沢野は見えるだけだ。沢野の手の穴を通じて来たものが、子供たちの中に入っていく。沢野には入らない。

沢野は幸せだった。歩けない子供が歩いている。

「何か隠していることはありませんか」

数日後、そんなことを理事長から言われ、沢野は驚いた。「よく戻ってきてくれた」と言った時の温かな表情とはまるで違う。

なんのことだかさっぱり分かりません、と惚《とぼ》ける沢野に、理事長は病院で怪しげなことをするなと厳しい口調で言った。子供たちの様子がおかしくなったと苦情が来ているのだと。自分がやったという証拠はあるのかと尋ねると、

「実際、森竹君が君に集められてから患者さんたちの様子がおかしくなったと証言しているんだ」

彼は、目のほとんど見えない少年だった。それは目から入っていくので、彼のような人間には何も起こらないのかもしれない。彼は幸せになれなかったのか、と悲しくなる。誰にでも幸せになる権利があるというのに。

理事長の言葉は沢野に届かなかった。結局、辞表も提出せずに、病院を去った。病院に来ていた子供たちはあらかた幸せになった後だったからだ。

自室で手袋を取り、穴の向こうに問いかけた。

「目の見えない子供はどうにもならないのか？」

答えは同じだった。

皆で祈れば救われる。

夢の中でそれは語った。

大勢で月に祈れば、誰もが極楽を見ることができるのだと。

要はまだ、足りないのだ、と沢野は解釈した。祈りが足りない。

キリスト教は、三大宗教と言われるだけあって、信者の数が多い。ずっとその環境下にいた沢野は、信者の少ない宗教のことなど考えもしなかったが、理解はすることがで

きる。信者が少ないということは、権能が小さいということに繋《つな》がるのかもしれない。それが言う「九日曾式」「月祭り」とやらを盛大に執り行えば、目の見えない彼も幸せになることができるのだろう。誰でも。不幸な子供はいなくなる。

しかし調べてみると、月祭りは今や月業寺というごく小さな寺で細々と行われている行事で、お月見のようなものだった。これではとても大勢を呼べるわけがない。

沢野は、どうすればいいか考えた。

これが入り込んでしまえば、誰もが幸せになり、協力を惜しまなくなる。しかしこれは、誰にでも入ることができるわけではない。目の見えない少年もそうだし、目が見えていても理事長には入れなかった。

沢野は何人かに試して、法則のようなものを見つけた。

不安定な者だ。不安定で、弱い者に入る。

考えてみれば当然かもしれない。これは病の子供たちを救う、寄り添う存在なのだから、安定していて、強い者には適合しないのだ。

月業寺の住職はそこまで老いてはいなかったが、線が細く、いかにも弱々しく見えた。完全とはいかないまでも、それは入ることができた。

月業寺を選んだのは、勿論《もちろん》これの啓示によるものだ。実際、都合が良かった。元からあるものは、整っていて、乗っかりやすい。

沢野には分かっていた。これは月業に伝わる「御皿観音」ではない。姿も異様で、何より全く神聖さがないのだ。動いている様子は動物に近い。これのくり返す赦されるという言葉も、何かの借りものだ。機械のように、子供を治すだけの装置だ。しかし、そういう部分が良かったのだ。いつ来るかも分からないご利益や、死後の天の国などどうでもよい。必要なのは結果だ。子供が幸せになることだ。

罪悪感はなかった。土着宗教の神を利用して信仰を広めていくのはどの宗教もやっていることだ。キリスト教もそうだし、我が国の神道も、元からあった信仰を利用して成立したものだと聞いたことがある。土地の神の権能だけを吸い取って、その存在そのものは別のものに変える。そこまではしない。ただ、借りるだけだ。これが神であろうとなんであろうと、信仰の力で強大になるのは変わらない。

九日會式の日にとにかく人を集めればよい。

住職と、数人のインフルエンサーと呼ばれる若者の力で、恐ろしいほど順調に人は集まった。沢野はその間にも、色々な場所を巡り、それは子供たちを中心に広まって行った。

3

何者かに見られている、と気が付いたのはモリヤこども医療センターに寄ったあたりからだったか。

確実に監視されていた。それが良いものか悪いものかは分からない。しかし、いずれこちらになんらかの好ましくないアクションを取ってくるだろう、と想定ができた。

恐らく、今までに治した子供たちの親が依頼したのだろう。医療でどうにもできなくなったら、次はオカルトだ。自分自身がそうなので、心の動きとしてはなんら不思議ではない。それに、沢野には自信があった。もう始まっている。もし沢野の動きが怪しいと気が付かれて、万一邪魔されたり、殺されたりするようなことがあったとしても、終わることはない。九日會式は行われ、おさら様が顕現し、皆は極楽を見る。それだけだ。

しかし、住職からそれが抜けてしまったとなると、静観してはいられなくなる。

小太りで性別の分からない女と、ぞっとするほど美しい男の二人組だった。

まず、男の方が倒れた。男の方が危険なものだとあれが判断したのだろう。邪悪なものはいつも美しい姿をしている。当然だ。しかし、邪魔は止まらなかった。しばらく見張っていたが、女の方は全く見当違いなことをしている。それに何より、こちらに気付いている様子がない。

それなのに、ずっと見られているような不快感は消えなかった。

確定的なことは、女が何か特別な力を持っている、ということだけだった。

そして、注意深く女を見ているうちに、とうとう視線の正体が分かった。聖職者の男だ。元の職場に置いてあった、医療系の雑誌でインタビューに答えていた。

青山幸喜。曾祖父《そうそふ》はアイルランド人の宣教師で、日本にキリスト教を広めるために中《ちゅう》央《おう》区に教会を建てた。奴はその四代目ということになるのだろうか。その教会が有名なのは、プロテスタント教会でありながら、カトリック教会が行っているような悪魔祓《ばら》いをやっていることだ。これだけで異端といってもおかしくはないが、何故かその教会は地域に馴染《なじ》んでおり、また、他の聖職者からも受け入れられている。

『聖書の中で最も心に残っている一節があります。それはマタイの福音書25章40節の、「まことに、あなたがたに告げます。あなたがたが、これらのわたしの兄弟たち、しかも最も小さい者たちのひとりにしたのは、わたしにしたのです。」

これは、治療における科学の役割が重要になった現代において、未《いま》だ宗教の担っている部分だと思います。

我々は、患者さんを哀れな病人としてケアをするのではなく、患者さんの中にいる神に仕えるようにケアを行っていくことが、ベルーフであると思います。ベルーフとは、天職、つまり、神から与えられた使命を指す言葉です。』

いかにもいい人である、というような青山の笑顔の写真と共に、そんなことが書いてあった。

青山と自分は似ている、沢野はそう思った。思想ではない。生い立ちが、だ。

外見的に明らかなほど外国人の特徴を持って生まれ、筋金入りのクリスチャンだ。日本どころか、世界でも類を見ない悪魔祓いをするプロテスタント教会に生まれて、牧師をやっているのだから、沢野以上かもしれない。

怪しい女を見ているとき、彼は常に側にいた。

沢野が気が付くとほぼ同時に、向こうも沢野に気が付いたようだった。

腹立たしいことに、それでも一切何もしてこない。大方、何をしようとしているのか気が付いているだろうに。ただ、見ているだけだ。

腹立たしかった。

その行動もまた、キリスト教――いや、プロテスタント的道徳に基づいたものに違いないからだ。プロテスタントの有名な言葉に「キリスト教徒はあらゆることとの自由なあるじである。そして、あらゆることとの自由意志的なしもべである」というものがあり、つまり、キリスト教徒は神のしもべでありながらも、個としての主体性があると説いている。神の意思に反するからやめなさいとか、そのようなことは言ってこないのだ。

内心では、聖職者は必ず、そう考えているくせに――必ず、正解が用意されているくせに。

猛烈に腹が立った。

沢野は九日會式を執り行うために献身している。違う神に仕えているのだ。

しかし、この怒りは捨てた神の信奉者に対してのものではなく、自分自身へのものだった。本当は自分が正しいと思っているくせに、こちらを見守り、尊重しているかのような態度が許せなかった。自分のことを、いつまで善人だと思い込んでいられるのか。

この女を消そう、と思った。

そうすれば、大事なものを失えば、ほんの少しでも世界への怒りを理解するかもしれない。

そのような発想に到達したとき、都合よく、女が倒れた。正確に言うと、彼女は愚かにも、本物の守り神を消したのだ。そしてそれに入られた。

その瞬間もなお、聖職者の男は介入してこなかった。

それで、やはり沢野のことを見ていた。

そんなに見たいなら、見せてやろうと思った。

何もできず大事な者がただ消えていくのを、目の前で。

病院に入るのは造作もないことだ。今やこの病院はほぼすべてそれで満たされているのだから。

沢野にはもう目的が分からなくなっていた。いや、最初からそうだったのかもしれない。

4

思考は混濁し、いつ壊れてもおかしくなかった。

壊れた脳で沢野は一つのことだけを考える。あの子に会いたい、と。

沢野が再び拳《こぶし》を振り上げた時、青山君が受け止めた。

目が腫《は》れ、口の端から血を流している。

「菊池友理奈さんは亡くなった。首を吊《つ》って、死んでしまった。彼女の死は彼女を取り巻く全てのものに押し潰《つぶ》された結果です」

青山君は沢野の両腕を握って、

「勿論《もちろん》あなたも彼女を押し潰したものの一つだ」

沢野が獣のような声で咆哮《ほうこう》する。

今だけは、沢野の気持ちが分かる。

なんて残酷なことを言うのだろう。

青山君は一切目を逸《そ》らすことなく、自分自身の息の根を止めようと暴れる男を見ている。

菊池友理奈という名前には聞き覚えがあった。一年ほど前に自殺した少女の名前だ。皮肉にも彼女が自殺したことによって、彼女が受けていた残酷ないじめの実態が白日の下に晒《さら》された。

私も幼い頃、酷《ひど》いいじめに遭っていた。理由としては、見た目が悪いこと。陰気で輪を乱すこと。そして、施設で暮らしていたことだ。

身体的、精神的な暴力の毎日だった。

そしてある日、橋口《はしぐち》香苗《かなえ》というクラスの女王蜂のような女子が、学校で飼育していたウサギを殺し、その死体を無理やり私の口に詰め込んだ。そこで私は橋口に死んでほしいと願い、橋口はどこからか飛んできた看板に体を刺し貫かれて絶命した。私が自分の力を自覚したきっかけである。

菊池友理奈の事件が連日報道されたことによって、私はその度あのときの絶望と屈辱を思い出すことになった。尤《もっと》も、彼女の場合は私の受けた苦痛の倍は経験しただろう。彼女が死を選んだことはなんの不思議もない。私だって、あのとき橋口を殺せていなければ、同じようにしていただろう。ネット掲示板やSNSには報道よりも詳細でえぐみのある、およそ少年少女が行ったとは信じがたい所業の数々が書かれていた。あまりにも残酷な内容は、信じがたいほどだった。しかし、起こった事実と加害者側の撮った写真や映像が、彼女の過ごした地獄の日々を、見たもの皆に叩《たた》きつけて来た。

沢野の姿を見れば分かる。

恐らく彼は、菊池友理奈にごく近かった人間だ。見ているだけで何もできず、失った人間だ。

なんて残酷なことを言うのだろう。

そのようなことは、他人に言われなくても自分が一番よく分かっているものだ。こうしたら良かったかもしれない、ああしたら良かったかもしれないと、頭の中で何度もシミュレーションをして、それで気付く。死んだ人間が戻ってこないことに。自分もまた、死に至らしめた原因の一つであることに。

「神は助けてくれなかった」

沢野が叫んだ。

「彼女が暴力の中にいるときだけではない。その後も、何の役にも立たなかった」

大口を開けて、唾《つば》を飛ばして、藻搔《もが》きながら沢野は怒鳴る。

「神は何もしない！　困ったとき、苦しんでいるときも見ているだけだ、だからこれに頼る！　これは我々を極楽に」

「わたしは、世の終わりまで、いつも、あなたがたとともにいます」

静かな声で言って、青山君は握った沢野の手首を、自分の胸の前まで持ってきた。

「お願いです、思い出してください。神様はいつも見ています」

「何かと思えば聖書の引用か。そんなもの、何になる。聖書の言葉は誰も幸せにしない。父なる神と同じだ。何も叶《かな》えない。助けない。何の役にも立たない」

「困っている人と共にいるのが神です」

「じゃあ彼女はなぜ死んだ？　もし共にいたなら」

「困っている人に近寄ってくるのが悪いものです」

青山君は懇願するように強く握りしめる。

「お願いです。どうか聞いてください。それが極楽を見せるということの意味を、考えてください。あなたは考えられる人のはずです」

「考えた結果だ」

沢野は藻掻くのをやめ、手首を動かして掌《てのひら》を見せつけるように青山君の顔面に向けた。

「お前こそ、俺の話をきちんと聞いたらどうなんだ？　これを見ろ。向こう側を見ろ。これがなんであれ、この向こうには幸福がある」

「あなたには分からないんですね、『極楽を見せる』の意味が」

沢野は歌うように答える。

「分かっているよ。大方……だろう。それでも子供たちが笑っている。それで十分なんだよ」

私にはよく聞こえなかった。しかし、沢野が答えた瞬間、青山君は沢野から手を離して、立ち上がった。そしてゆっくりとこちらを向く。

改めて、ひどい顔だった。ところどころ切れて、腫《は》れている。暗がりで見てもはっきりと血が流れているのが分かる。

でもそれよりも、泣いている。

彼は目を見開いたまま、大粒の涙をぼろぼろと零《こぼ》して、歯を食いしばっていた。

「先輩」

突然声をかけられる。嗚咽《おえつ》交じりの酷い声だった。私は動揺して、ああ、とか、ええ、とか、何の意味もない音が喉《のど》から出てくる。

「誰も彼も、理解することは、分かり合うことは、不可能ですね、悲しいです」

「私だって、あなたを信じられなかった……ごめんなさい……」

途切れ途切れにそう言う彼に、私は謝罪以外、何を言っていいか分からなかった。

「なんで君が、そんな顔をするの……」

灰色がかった瞳《ひとみ》が涙で濡《ぬ》れて、月の姿を映している。

「彼の気持ちが分かるからです。でも僕は」

「そこをどけ」

彼の背後に沢野が立ち上がっているのが見えた。大きく穴の開いた掌を振りかざしている。

「先輩と僕を殺す気ですか」

涙声のまま青山君は尋ねる。

「殺す気はない。ただ、別のものになるかもしれない。それはお前たちにとって死かもしれない。でも、仕方がないだろう。お前の言った通り、分かり合えないのだから」

青山君は振り向いて、沢野を突き飛ばした。思ったより力が込められていたのか、あるいは油断からか、沢野は転んで、壁にぶつかった。

そしてもう一度、私の方へ向き直る。

「僕は誰も傷付けたくはないです。それでも、覚悟を決めました」

青山君は私に手を伸ばす。

「先輩は、付き合ってくださいますか」

「わ、か、りません」

そう答えると、彼の瞳が波立って、また一粒、涙が零れる。

「でも、あなたにできることはなんだってしてあげたい」

混じりけのない本心だった。私は彼のことを母親のような人間だと思っている、気がしている。でも、もしかして、彼が私にとって何かということはどうでもよく、ただ、彼に大切に思ってほしいし、彼のために何かしてあげたい。死ぬ寸前までいった今だからこそ気付いたことだ。

青山君の目が輝いた。

ひどい臭気が鼻を襲う。青山君は、私の真横に腰かけて、

「僕は何もできないんです。物部さんや、先輩みたいなことは何も」

涙と血でぐちゃぐちゃに汚れた顔が目前にあった。こんなに汚れていても、嫌悪感はない。

「だけど、あれの名前が分かります。こんなことをしたくはないけど――彼がどうなるか、分からないけど」

壁に叩きつけられた沢野がゆらりと起き上がり、掌を掲げて、ゆっくりとこちらに向かってくるのが見える。「ほほほ」という声が聞こえて、壁一面にそれが張り付いている。

「言ってください」

私は、はっきりと言った。こんな状況でも優しい彼に。でも、覚悟を決めたと言った

のは彼だ。

青山君は気付いている。私の過去の話は一切したことがない。だから、押し入れのことは知らない。けれど、名前を知ることで、その本質を理解することで、封じることができるというのは分かっているのだろう。

彼の唇が、私の耳にわずかに触れた。

私だけに聞こえる声で、彼はそれの名前を言う。

私は聞いたまま、その名前を告げる。

沢野がやめろ、と大声で怒鳴る。

「入りなさい」

私は押し入れを開けた。

一瞬で全てが終わった。

そうとしか表現できない。

私が名前を告げ、押し入れを開いた瞬間、それらは一瞬で吸い込まれた。再び閉じると、もう部屋には何もなかった。

脳が圧迫されるような不快感もない。

口も恐らく滑らかに動くだろう。私はとにかく何か声を出したい気持ちに駆られ、青山君に声をかけようとする。

「これで満足か」

大きくはないのに、響くような声だった。沢野が床に膝《ひざ》をついている。掌を確認してみると、未《いま》だに穴は開いている。しかし、その向こうには、フローリングが見えるだけだ。

「なあ、満足だろう」

沢野の指先が赤くなっている。床に食い込むのではないかと思うくらい、指の腹を強く押し付けている。

「子供たちはまた、明日《あした》から苦しむんだ。あるのかないのかも分からないゴールを目指し、途中で転べば死ぬ。そういう毎日を送ることになるんだよ。満足だろう。神の思し召しどおりになったな」

「さっきも言ったでしょう。僕はあなたのことが分かるんです。似ているから。今、あなたが考えていることも。必死に僕たちに罪悪感を植え付けようとしている。僕たちが消さなければ、皆《みな》幸せでいられたのだから、僕たちが悪いと、そう思い込ませようとしている」

「事実だろう。お前たちはエゴイストだよ。神ではないから悪いものだと決めつけて、消した。病の子供が治るのは、不自然だから。理に反しているから。神の意向と違うから。そんな下らない理由で、お前たちは子供たちを見捨てた」

「見捨てていない」

青山君は沢野の顔を正面から見据えた。

二人は本当に良く似ている。大きくて丸い、色素の薄い目。高い鼻。一見してコーカソイドの血が混じっていると分かる。それに、同じようにひどく傷付いた顔をしている。

「こういうことは、何度も起こります。これから、何度も何度も何度も起こります。誰かが傷付いて、苦労して、死んでいきますよ。それを全部救うことは不可能です」

沢野の掌が青山君の頰を張った。穴が開いているからか、奇妙な音がする。

「よくもそんなことをそんな顔で言えるな。敬虔《けいけん》な信者は」

「覚悟を持ってください」

口の端から血を流したまま、

「覚悟を持って、全部受け入れて、目を逸《そ》らさないでください。手の届く範囲を大切にしてください。それが、何の力も持たない人間にできることです」

沢野は暫《しばら》くこちらを睨《にら》んでいたが、やがて諦《あきら》めるように視線を落とした。

「きれいごとばかりのお前と話していても仕方がない。時間の無駄だ」

「待ってください」

青山君は沢野の肩を摑《つか》んだ。その手は一瞬で振り払われる。それでもまた手を伸ばし、青山君は沢野に言った。

「もう一度やっても駄目です。願いは取り消せない。今だってどうしてあなたが大丈夫なのか分からないけれど……本当に、心配しているんです。本心です。絶対にしないでください」

「いいや、やるよ」

沢野は振り向かない。声には何の動揺もなかった。

「俺の手にまだ残っている。どういう仕組みか分かりませんがそちらの女性は一部を消しただけだ。まだ、残っている」

それは私も感じていることではあった。部屋の中にいた、あの悍《おぞ》ましい生き物、それは消すことができた。しかし、まだ大元が残っている。感覚的なものだ。まだいる。

窓の外にある大きな月が視界に入ると言い知れぬ不安が押し寄せる。

「死にますよ」

青山君が叫んでも、沢野はもうそれ以上何も答えず、病室から出て行った。

後ろ姿が完全に消えたのを確認すると緊張が一気に解けて、魂が抜けたように眠くなる。

先輩、と呼ばれても言葉が出てこない。口が動かない。視界が白くなっていく。

5

まだ月は出ている。

早く殺せばよかった。そう、殺せばよかった。

人を殺してはいけない。そのとおりだ。でも、邪魔だった。結果的に、幸せになったはずの子供たちは再び苦しい日々を送ることになる。邪魔は排除しておけばよかった。

あの聖職者の男が言ったことは正しい。

あれは我々の考える神ではないだろう。何かを代償に何かを与えるものだ。

子供を幸せにすればするだけ、代償が要る。それは、大人たちだ。

もう十分生きただろう。

不幸な子供たちよりずっと、幸福な日々を味わっただろう。

この生き物の手で、痛みがなく、極楽に行くように死ぬのだったら、良いだろう。そう思った。これは、「極楽を見せる」と言ったのだから。

幸福は分配すべきだ。

強く打った腕が痛い。足も、腰も。何より手だ。人に暴力を振るったことなど今までなかった。しかし、我慢できなかった。

キク。キクのことを、訳知り顔で、えらそうに。

大方、あの男も同じように、患者の死を経験したのだろう。小さな女の子の死を。

それを奴は「慣れろ」と言ったのだ。何度も起こる、どうしようもないことだから、諦めて自分のできることをしろと、そういうことだろう。

ふざけるな、と思った。

そんなものは、私とキクほど親密でなく、思い入れもなく、彼自身が冷淡だから言えることだ。あるいは、父や母や祖父母や――キリスト者特有のいい人だからか。こちらを心配するようなことまで言って。さも、悲しみを分かち合い、乗り越えましょうとでもいうような。勘違いをしている。

悲しみではなく怒りだ。

覚悟だってある。

何もできないなら、できるようにしなければならないという覚悟だ。

覚悟が足りないのは、何もできないという事実から逃げているのはあの男だ。

気分が悪かった。自分と彼はあまりにも似ていた。顔貌《がんぼう》、背格好、職業、宗教。だからこそ、もう一人の自分に咎《とが》められているようで、怒りと恐怖で頭がどうにかなりそうだ。

間違っていない。正しいはずだ。正しい。正しい。正しいことをしている。

間違っていない。

月が出ている。

大きな月だ。

夜道を走り、あの場所に行く。初めて会った場所だ。

人気のない三叉路《さんさろ》。ポールに隠れるようにある祠《ほこら》。

何年も何十年も何百年も、人の願いを受けてきた小さな観音像が見える。これがある。これの名前を借り、大きくしたものと、また同じことをすればいい。今度は邪魔されないように、そうだ、覚悟だ。殺さなくてはいけない。あの二人を、殺す。そしてまた邪魔するものがいれば殺す。それでいいだろう。キク。君の死を齎《もたら》した人間は悪い。君の命に比べれば羽毛のように軽い。取るに足らないものだ。殺す。

幸せになってほしかった。あの女の子が成長して、あのときは楽しかったねとか、そうやって、挨拶《あいさつ》をしたり、思い出話をしたり、本を読んだりしたかった。次に会う時のためにヒロアカのアニメも観た。デクという名前の力のない少年が努力し、確実に強くなっていく前向きな話だった。デクを見ると勇気をもらえるよねとか、そんな話を、彼女にしたかった。笑ってほしかった。でも、彼女は強くなれなかった。強くなることすら許されなかった。赤いロザリオなんて渡さなければよかった。あんなもの、マーキングと変わらなかった。彼女を縛り付ける縄でしかなかった。彼女に自分しかいないのだと示したかったのだろうか。いつも見ているなんて言って。見ていなかったくせに。あのとき女と寝ていたのは自分だ。キクの首に食い込んだのはヴァチカンのロザリオだ。祈りは無意味だった。キク。あんなにしっかりした子がどうして殺されなければならなかったのか。体を震わせて好きだと伝えてくれた、その心を軽んじた。あんなに賢い子が、軽はずみにそんなことを言うわけがないのに。謝りたい、キク。この世界を代表して、君を殺した世界を代表して謝りたい。月が綺麗《きれい》だ。I love youを月が綺麗ですねと翻訳した作家がいたらしい。キク、かぐや姫を読んだことがあるか。月は異界だ。争いごとも、命の果てもない美しい場所だ。ここは命の果てがある、しかし、命の果ては誰にでもあるだろう。平等だろう。同じように、誰でも平等に愛され生きる権利があるはずなのにあの子だけどうして。何度寝ても起きても同じだ。あの子は帰って来ない。最後に見た彼女は笑顔だったのに、夢の中では腐ってにやにやと笑いながらこちらを見ている。死ぬことは許されない。死んだところでどうしようもないからだ。帰って来ないからだ。ただ幸せにしたかった。幸せになってほしい。花畑で笑っているなどという幼稚で貧困な発想の極楽でもそこにいてほしい。圧《お》し潰《つぶ》されないでほしい。笑っていてほしい。

ほほほ、と聞こえた。やはりまだ残っている。

手の穴を覗《のぞ》く。月が見えた。

美しい光だ。金のような青のような白のような。照らされる自分の体が自分の物ではないように思える。

昼のように明るい。いや、太陽の生命力ではない。ここには誰もいない。いや、いても構わない。

確かに月は異界かもしれない。いま異界と自分を隔てるものは何もなく、異界からこちらを見ている。美しい。

この攻撃的に降り注ぐ凄《すさ》まじい光はここがそちら側であることを示している。

あの子もそちら側にいるのかもしれない。

「吾身《わがみ》御身に捧《ささ》げます」

願った。キクがまた、笑ってくれることを。

ぶちゅり、と肉を踏《ふ》み潰すような音がした。手だ。手からそれがあふれて、人差し指と中指が互い違いの方向に折れ曲がり、吹き飛んでいく。

手から始まったそれは体の中心を通り、脳に到達する。

「俺は赦《ゆる》される？」

意味のない問いは迸《ほとばし》る光の中に吸い込まれていく。

赦されようと、赦されまいと、この体はそちら側の一部となる。

キクの顔が思い出せない。どんな目をしていた？どんな鼻でどんな口で髪型は？寂しそうに笑う子供だった。目の暗い子供で幸せにしたかった。願ってはいけなかった。何もならなかった。代償は。月では花が一面に咲いている。

「キク、また……」

会えるとは思っていない。このようなまやかしの極楽ではない。キクはもっとずっと良い所にいるだろう。

でも必要なのだ、希望が。

終章　満月

深呼吸をする。目の前のスマートフォンに手を伸ばし、また引っ込めて、やっと手にとっても、マンガのアプリを開いて読んでしまう。お昼を食べ終わったらすぐ電話をかけようと思っていたのに、そういうことを繰り返して、時計はもう二時を回っている。

「大丈夫、彼だって忙しいし、どうせ出ない」

そんな独り言が口から出てくる。そして意を決して通話ボタンを押した。

三回呼び出し音が鳴ったら切ってしまおうと思った。かけたという履歴は残る。義理は通したことになる。

『もしもし』

三回目の途中で物部が出た。

「も、物部さん」

『そっちからかけてきたんに、どういて驚いちょるわけ？』

「いえ……その、お礼を、言いたくて」

『お礼……？』

まるで頭の悪い子供のようだ、と我ながら思う。腹の立つ相手に感謝したり謝罪したりするのは苦痛だ。そんなところで意地を張っても何の意味もないのに。

私はもう一度大きく深呼吸してから、

「助けてくださって、ありがとうございます」

物部は何も答えない。気にせず続けた。

「いつも気にかけてくださってありがとうございます。それなのに、気持ち悪いなんて言ってごめんなさい。今回だって」

『俺なんもしちょらん』

「とぼけなくていいです、そう言うと、思ってました。でも、感謝しているんです。本当に。私が、あのよく分からないものに襲われて、何もかもどうでもよくなってしまっているとき、あなたがいました。あなたが、助けてくれました」

『まあ、どういたらええいか分かっても、する奴がおらんとどうしょうもないき。青山君も言うちょったがじゃろ……助けたうちに入らん』

物部は照れ臭そうに言った。

『るみちゃんにまた気持ち悪いち言われるかもしれんなあ。ああして、ある程度は頭の中に入れるわ。自由に歩けるき、けっこう好き』

散歩。確かにあのとき、物部は、自然に立ち歩き、今よりずっと健康そうに見えた。

彼の体の自由が利く場所が、誰かの頭の中にしかないとしたら——なんとなく物悲しい気持ちにはなる。しかし自由に歩き回ってほしい、とは言えない。やはり自分の頭の中を自由に見られていると思うと恥ずかしい。

観音を名乗っていた不気味な生き物に侵食されているとき、私は幻覚を見ていた。かわいくて、誰からも愛される少女。青山君に娘のように可愛がられ、物部と無二の親友のような間柄だった。私が心の奥底でこうあってほしいと思っている、都合のいい幻覚だ。それを全て見られていたかと思うと、羞恥心《しゅうちしん》でおかしくなりそうになる。どうしてもこの男に素直に感謝する気になれない。

「それはもう、感謝しているけど、非常事態だけにしてください」

物部は笑って、否定も肯定もしなかった。

『俺、てっきり、答え合わせしに連絡くれたんじゃと思った』

「答え合わせ、とは?」

『青山君が何を願ったか』

「すっかり忘れていました。そんなこともありましたね」

私はあの時完全に青山君を疑っていた。外国人風の男。牧師のようなガウン。掌《てのひら》に開いた聖痕《せいこん》——全部、青山君だと決めつけていた。だから、物部があの場所を使わせたと聞いて、こう思ってしまったのだ。

青山君は、あの女の子のために復讐《ふくしゅう》をしようとしていると。

それを知っているだろうに、物部は使えと言った。復讐に加担しているのと同義だ。青山君を唆したも同然だ。

それらは全て私の妄想だったわけだから、謝らなくてはいけない。

私はまたごめんなさい、と言って、

「きっと青山君のことです。世界平和とか、そういうことじゃないですか」

『ははは』

物部は馬鹿にしたように笑った。私はむっとして、

「何がおかしいんですか？」

『いや、馬鹿にしちょらん。俺とるみちゃんは似ちょるなあ思っただけ』

「似ていないでしょう。顔も、性格も、能力も、あなたの方が」

『考え方がさあ……はは』

物部はひとしきり笑ってから続けた。

『なんもじゃ』

「なんも……」

『おう、なんもお願いしんかった。何かを願ったら何かを取られる、それって、とかなんとか言うて、そんあと黙ってしもたわ。まあ、悪魔じゃって言いたかったんが違う。青山君の神様的には、他の神様は全部悪魔じゃろ。間違ってはおらん』

「そうですか……」

私は安堵《あんど》と共に呟《つぶや》いた。物部の生涯を捧げた神を悪魔扱いするのは無礼かもしれないが——それでも、そういう世界と、関わってほしくないのだ。青山君はもう二度と、こんなこととは。

「私ね、今日、言おうと思っています」

『何を』

「今だけは、頭の中を見てほしい気持ちでいっぱいです……あの、もう……青山君には、辞めてもらおうと思って」

『なんで？』

「物部さんも思うでしょう。あの人、いい人なんですよ。すごくいい人なんです。まともな人生を送れる人なんです。だから、絶対にもう、辞めた方がいい」

『いんや、思わんけど』

物部は大きく溜息《ためいき》を吐いた。

『まあ、ちいと前は思っちょった。だから色々見せた。嫌な仕事じゃよって。君には向いてないよって、分かってもらおうとした。でもなあ、お節介じゃったなあ。必要なかったなあ。全く、分かっちょらんかったわ。俺が分かったんに、君がそんなんでどうするんよ』

責めるような口調で言う物部に、私は困惑した。

「分かるとか分からないとかなんなんですか？　あなたは人の頭の中が見られるんだか

らいいでしょうけど、私に分かるわけないでしょ、青山君だって、た……他人、なんだから」

他人。自分で言った言葉が鋭く胸を刺した。

『そんなん言うたら青山君が悲しむよ』

「うるさいですよ」

物部は一呼吸おいて、

『善人も突き詰めたら狂人』

短く言った。

「それは……」

『あの子、おかしいよ。あの場所で願い事しんかった子も初めてじゃ。るみちゃんの先生じゃってお願いしちょったよ。もっと色んな変なもんに会えますようにとかじゃったっけ、あの人はあの人でおとろしいけんど……まあえい。青山君なあ、あんなことがあっても恨むとか、捻《ひね》くれるとか、ない。忘れちょるとか、気にしてないのとは違う。折れない。一人助けられんくても、無駄とか思うちょらん。またもう一人助けようと思う。あの子の中心は、神様と、困ってる人。すごいわ。あんなん真似できんし、怖い』

物部は一息で言ってから、ことうたちや、と呟いた。

『今回もそうじゃろ。まともじゃないわ。もう心配すんのはやめた。これからは、同業者。なあ、るみちゃんが辞めさせたとしても、同じことじゃ。あの子はどうしたってこっちに来るよ。ああいう奴には適性がある。それに——君、「困ってる人」の枠に入っとるがじゃろ。あの子の』

「もういいです!」

私は慌てて遮った。顔が熱い。このまま聞いていたら、何を言われるか分かったものではない。それに、少しショックだった。

「『覚悟を決めました』って言ってましたね。そう言えば……恥ずかしい限りです。私には、覚悟が」

『あんま気にしなや。誰でも、好きな人を守りたいち思うのは当然じゃから』

喉《のど》から、声にならない呻《うめ》きが漏れた。物部は楽しそうに笑う。

『はあ、安心じゃ』

「何が? 青山君が大丈夫そうなこと? あなたこそ青山君のこと好きじゃないですか」

『あんな子、誰でも嫌いじゃないながですかね。まあえいわ。ほうじゃのうて、こないだ話した時、言うたじゃろ。できんかったら、他の人に助けてもろたらえいて。青山君がおって、君がおって、もう安心じゃ。これでいつ死んでもえいわ』

「そういうこと言わないで下さい」

思わず大きな声が出た。不思議なことだった。

物部のことは好きではない。苦手だ。素晴らしいとは思うが、気持ちが悪い。理解ができない。でも、彼の口から、そんな言葉を聞きたくなかった。

「死ぬとか、言わないで下さい」

『なんで？　ああ、確かに、俺がいなくなると、割と困るよな。頼る先が。君たちなら大丈夫ち思うけんど、それでも不安なんじゃったらいくつか』

「違いますよ。感情の問題です。私だって、そこそこ長い付き合いなんですから、物部さんがいなくなったら悲しいです……それに、もう、一人の体じゃないし、お子さんのことも考えて。責任が」

『はははははは』

「ははは、じゃなくて」

『ほうか、悲しいか。一人の体じゃない、か。えい気分じゃ』

物部とはその後二、三言交わしたが、最後まで楽しそうだった。自分でも分からないが、そのことが嬉《うれ》しくて、私も楽しかった。

物部との電話を終えて三十分も経たないうちに、革靴が床に当たる高い音が聞こえた。青山君だ。

「先輩、お疲れ様です」

あまりにも普通の様子の青山君に、私はもう動揺しなかった。

「あの……お体の方は」

「我こそは世界一の美青年をして『フィジカルモンスター』と言わしめた女」

おどけてボディビルのポージングをすると、青山君は困ったような笑顔を見せる。そういえば、退院後、彼に会うのは初めてだ。

「心配しなくても私はこの通り。お医者様にも問題はないと言われています。肥満は指摘されましたがね。世界一の美青年こと片山さんも問題はないようです。あの後結局、病院に逆戻りしたそうですが。主治医を誑《たぶら》かして病院を抜け出すのなんてあの人くらいですね。お母様が、今も、安静に、と言っても出歩きたがるから困ると仰《おつしや》っておいでした」

そうですか、と言って、青山君はほんの少しだけ表情を緩める。そして思い出したように、

「あっ、その、唯香ちゃんは」

「皆《みな》、元通りです」

私は大丈夫、とは言わなかった。大丈夫ではないからだ。唯香を含め、病院の子供たちは皆、また彼らの日常に戻る。塩沢里佳子と裕の親子を思い出す。里佳子は絶対に戻りたくなかったのだ。間違ってはいたが、解呪《かいじゅ》の方法を見つけた私を邪魔するために、他人の子供を手にかけようとするくらいには。少なくとも彼女にとって、これからの日々は苦痛に満ちた日常、かもしれない。

青山君は頷《うなず》いた。

可哀想と思ってはいけない。私たちが選んだことだ。どんな結果になっても。

「あなたこそどうなんですか」

そう言うと、彼は気まずそうに下を向いた。

「ごめんなさい。僕の勝手で……」

「それはいいです。私も、勝手に行動するので。でも、体を張ることは相談してからにしてください。もう本当に驚きました。あの緊迫した状況だったから何も言いませんでしたけど、オシッコなんかかぶって、しかも下半身を」

「言わないでください！」

青山君がワーワーと声を出して私の口を塞《ふさ》ごうとする。

「あのときは僕も必死だったんですよ」

「そうでしょうね……結局、あれはなんだったんですか」

名前はもう、憶《おぼ》えていない。ただ青山君が囁《ささや》いた言葉をそのまま繰り返したに過ぎない。

おさら観音でなかったことだけは確かだ。あれは、おさら観音の名前と伝承を借りた別の何かだった。

「あのまま月祭り——あれが望んだ姿の月祭りが開催されていたら、本当に極楽を見ることになっていたでしょう」

青山君は私の質問には答えずそう言った。

「ああ、それはつまり……」

「皆、死ぬということです」
声が震えている。
「彼も、分かっていたみたいです。月祭りに集まった人々の命を代償にして願いを叶《かな》え
るという多少楽観的な考えでしたけど」
「どこが楽観的なんですか」
「楽観的ですよ。あんなものが人間の考える範疇《はんちゅう》の犠牲を払わせるわけがない。先輩は
勿論《もちろん》、『猿の手』をご存じですよね」
『猿の手』はイギリスの作家ジェイコブスが書いた怪奇短編小説だ。ある老夫妻とその
息子が、インド帰りの友人から、旅で手に入れた猿の手のミイラの話を聞く。猿の手の
ミイラには、願いを三つ叶える力がある。しかし、猿の手は恐ろしいもので、願いは叶
ったものの災いが起こったから、それを捨てるのだと友人は話す。捨てるのなら自分に
くれと頼むと、友人は了承し、猿の手のミイラは夫妻のものになった。
まず夫妻は家のローンを返すため二百ポンドほしい、と願う。猿の手が動き、願いは
叶った。最悪の形で。息子が工場で機械に巻き込まれて死に、弔慰金二百ポンドが夫妻
に振り込まれたのだ。
嘆き悲しんだ夫妻は息子を生き返らせることを二つ目の願いにする。するとしばらく
して、玄関からノックの音が聞こえてくる。妻は喜び勇んで息子らしきそれを迎え入れ
ようとするが、夫は猿の手に願いを叶えてもらった結果を思い出し、恐ろしくなる。連

続的に聞こえるノックの音は破滅を示唆しているような気がした。

夫は妻が玄関を開ける前に、猿の手に最後の願い事をする。二つ目の願い事の取り消しだ。するとノックは止んだ。扉を開けても誰もいなかった。

こういう話だ。あまりにも有名な作品だ。私はこの話における、ご都合主義でないところが好きだった。物部の話とも似ている。一つ願ったら、一つ取られる。それが当たり前のことだ。だから、一時期インターネット上の名前を「猿の手」にしていたくらいだ。

私は頷いた。それを見て、青山君は、あれと同じですよ、と言った。

「多分、月祭りが行われていたら、参加した人間は全員死んだと思います。あれに入られた子供も無事で済むとは思えない。ああいうものは人間が何を幸せと感じるかなんて分からないと思います。だって、人間ではないんですから。死ぬことこそが幸せだというかもしれません。全てを放棄して、苦痛のない死に方をすることが幸せだと。とにかく、そんなことをさせるわけにはいかなかった」

「青山君は正体に気付いていたんですね」

「ええ。でも確証はなかった。僕は先輩と違って、知識が限定的なんです。これかもしれない、という憶測でした」

「いや、憶測ではないからこそ、今回こういうことができたんでしょう。名前は……」

「言いません。先輩が忘れているというのなら、思い出す必要はありません。名前を出すと、来ますから」

しばらく沈黙が続いた。どうして相談しなかったのかとまた彼を責めそうになったが、それも物部の言う通りだろう。彼は私を気遣ったのだ。相談されなかったことは悲しいが、同時に、大事にされているのだという、少し嬉しいような気恥しさがある。それを誤魔化すように私は、

「私はあの後、情けないことに気を失ってしまいましたが……沢野さんは、どうなったのでしょうね」

「僕も結局、あの後は先生を呼んでから、逃げてしまいましたから。でも、そうですね……なんとか冷静になって考えられるといいなと思います」

青山君の声はなんとなく落ち込んでいた。あの男が落ち着きを取り戻し、冷静になって考えられるなんて、どう考えてもあり得ない。それでも必要なのだろう。もしかしたら大丈夫かもしれない、という希望が。

私はそうですね、と口だけで同意した。

「もうひとつ。まだ、お忙しいですか？　ご実家の、仕事」

青山君は口をもごもごと動かして、気まずそうに、

「ごめんなさい、あれは……嘘なんです。嘘っていうか、病院を訪問していたのは本当です。祖父も、父もやっていることですから。でも、僕にはひとりひとりカウンセリングなんてとても。だから、時間はあるんです。忙しいのが、嘘ってことで」

「もごもご言ってて聞こえません」

「あ……その……」

「嘘ですよ。聞こえてました。青山君はかわいいなあ」

青山君は頰を真っ赤に染めて、視線を泳がせる。

平和な空間があった。ずっとこうあってほしい、と思うような。悪臭を放ち、ボロボロになりながら沢野と対峙《たいじ》していた彼の姿が嘘のようだ。

きっと、ずっと「かわいい青山君」ではいられないのだろう。「かわいい青山君」「甘くてやさしい青山君」というのは私の願望であり、本来の彼は行き過ぎた善性と、理解しがたい強い信仰心を持った人間なのかもしれない。物部の言っていた「おかしい」、沢野の言っていた「狂信者」、どちらも間違っていないと思う。

「今日からまた、働いてくれますか？」

私ははっきりと言った。

「ええ。どうか、働かせてください」

青山君は被《かぶ》せるように答えた。

二人で顔を見合わせて、なんとなく笑った。あまりにも芝居がかっていて、下らないやり取りだった。

「では、早速最初の仕事として、私にシェイクを作ってください。冷凍庫にいちごアイスがありますから。ホイップもたっぷり」

青山君は少しいやそうな顔をしながら席を立った。

キッチンカウンターに入り、てきぱきと動く青山君を見るのが楽しい。随分長い間、見られなかったから。

「商店街の月祭りはつつがなく終わったみたいですよ」

ＳＮＳにも沢山投稿されている。月見そばだの月見パフェだの月見バーガーだの、月を連想させる美味《おい》しそうな料理の写真。それと、月祭りの閉幕を飾るイベント——恐らく沢野はそこで、集まった人々を生贄《いけにえ》に捧《ささ》げようとしていたわけだが——「九日會式」は、住職がいつもどおり、御詠歌を歌い上げて終わったらしい。単なるお経じゃんガッカリした、というような感想も沢山書き込まれていた。

ハンドブレンダーの音が心地よい。青山君は美しくクリームを盛り上げながら、

「そうみたいですね。あれの思い通りにならなかったのは良かったと思いますが、せっかく地域ぐるみのイベントになった月祭りを来年、再来年と継続させるためにはもう少し盛り上がる要素があったほうがよかったですよね」

「継続？」

私は驚いて必要以上に大きな声を出した。

「なんで継続させる必要があるんですか？」

「おさら様のためですよ。先輩から教わったことですよ。信仰を多く集めた神様は強いって。クリスチャンが言うとおかしいかもしれませんが、僕はおさら様がまた、地域の

人たちとともにある神様になってほしいです。何百年もあそこで見守ってきてくれたわけですから」

私は頷《うなず》いた。

沢野は私に「どういう仕組みか分からない」と言ったが、私だってどういう仕組みかは分からない。押し入れを開いて、中に入れて、閉じる。なんでこんなことができるのか。

私はその、どういう仕組みか分からない押し入れに、極限まで弱った本物のおさら様を封じ込めてしまった。仕組みが分からないから、一度入れたものは出すことができない。

それでも、あの名前を忘れた悪いものと同様、おさら様もまだ完全に消えたわけではない、と感じる。私の押し入れ如きに押し込められるものではないのだ、悪いものも、良いものも。

「そうですね。そんな話をしましたね。お皿でも割れば多少の慰めになりますかね」

「さあ、どうでしょう……そうなれば、いいですね」

ローテーブルに二つのグラスが置かれた。ピンク色のシェイクの上にクリームが山盛りになって、上からカラフルなチョコレートまでかけられている。

私はありがとうも言わずにストローを挿し、強く音を立てて吸った。

いつもだったら、ここで「先輩、お行儀が悪いですよ」と小言を言われる。今の私に必要なものだ。だから、待っていた。

「ほほほ」

体が震える。歯の根が合わず、言葉が出てこない。なんとかグラスを取り落とさずに済んだ。震える手で服の袖《そで》を掴《つか》む。そうでもしないと大声を出してしまいそうだった。

青山君の口が動いていた。

確実に、彼の口から。

私は大きく右手を横に振る。効かないかもしれないけれど。どうしようもないかもしれないけれど。何も分からないけれど。

でも、自分のできることを。

「先輩、ごめんなさい」

青山君が本当に済まなそうな顔をして私を見ている。

「あんなことがあったのに、口にすべきじゃなかったです。ごめんなさい。でも、頭に残っちゃって」

青山君は何度も謝った。

「口に出してみただけなんです、本当に、それだけ」

それだけ、だろうか。

本当に？

主な参考・引用文献

『聖書　新共同訳』共同訳聖書実行委員会・訳（日本聖書協会／一九八八年）
紫雲山中山寺記　国立国会図書館デジタルコレクション
https://shinseiji.jp/02_about/index.html
『全国三十三ヵ所観音霊場および全国八十八ヵ所霊場ご詠歌集』武石伊嗣・著、武石万里子・編（神谷書房／二〇〇九年）
『沈黙』遠藤周作（新潮文庫／一九八一年）

本書は角川ホラー文庫のための書き下ろしです。
また、本書はフィクションであり、実在の人物や団体、地域とは一切関係ありません。

聖者《せいじゃ》の落角《らつかく》

芦《ろ》花《か》公園《こうえん》

角川ホラー文庫　23561

令和５年２月25日　初版発行
令和６年10月30日　６版発行

発行者――山下直久
発　行――株式会社KADOKAWA
〒102-8177　東京都千代田区富士見2-13-3
電話 0570-002-301（ナビダイヤル）
印刷所――株式会社KADOKAWA
製本所――株式会社KADOKAWA
装幀者――田島照久

ISBN978-4-04-112807-7　C0193

◆◇◇

角川文庫発刊に際して

角川源義

　第二次世界大戦の敗北は、軍事力の敗北であった以上に、私たちの若い文化力の敗退であった。私たちの文化が戦争に対して如何に無力であり、単なるあだ花に過ぎなかったかを、私たちは身を以て体験し痛感した。西洋近代文化の摂取にとって、明治以後八十年の歳月は決して短かすぎたとは言えない。にもかかわらず、近代文化の伝統を確立し、自由な批判と柔軟な良識に富む文化層として自らを形成することに私たちは失敗して来た。そしてこれは、各層への文化の普及滲透を任務とする出版人の責任でもあった。

　一九四五年以来、私たちは再び振出しに戻り、第一歩から踏み出すことを余儀なくされた。これは大きな不幸ではあるが、反面、これまでの混沌・未熟・歪曲の中にあった我が国の文化に秩序と確たる基礎を齎らすためには絶好の機会でもある。角川書店は、このような祖国の文化的危機にあたり、微力をも顧みず再建の礎石たるべき抱負と決意とをもって出発したが、ここに創立以来の念願を果すべく角川文庫を発刊する。これまで刊行されたあらゆる全集叢書文庫類の長所と短所とを検討し、古今東西の不朽の典籍を、良心的編集のもとに、廉価に、そして書架にふさわしい美本として、多くのひとびとに提供しようとする。しかし私たちは徒らに百科全書的な知識のジレッタントを作ることを目的とせず、あくまで祖国の文化に秩序と再建への道を示し、この文庫を角川書店の栄ある事業として、今後永久に継続発展せしめ、学芸と教養との殿堂として大成せんことを期したい。多くの読書子の愛情ある忠言と支持とによって、この希望と抱負とを完遂せしめられんことを願う。

一九四九年五月三日